杨宽著作集

杨宽书信集

杨宽 著　贾鹏涛 整理

上海人民出版社

图书在版编目(CIP)数据

杨宽书信集/杨宽著. —上海:上海人民出版社,
2019
(杨宽著作集)
ISBN 978-7-208-16119-1

Ⅰ.①杨⋯　Ⅱ.①杨⋯　Ⅲ.①书信集-中国-当代
Ⅳ.①I267.5

中国版本图书馆 CIP 数据核字(2019)第 219306 号

责任编辑　高笑红
封面设计　夏　芳

杨宽著作集

杨宽书信集
杨　宽 著
贾鹏涛 整理

出　　版　上海人民出版社
　　　　　(200001　上海福建中路 193 号)
发　　行　上海人民出版社发行中心
印　　刷　常熟市新骅印刷有限公司
开　　本　890×1240　1/32
印　　张　7
插　　页　8
字　　数　155,000
版　　次　2019 年 12 月第 1 版
印　　次　2019 年 12 月第 1 次印刷
ISBN 978-7-208-16119-1/K·2897
定　　价　48.00 元

杨宽致吕思勉书信

光華大學試卷

梦家兄先生：多日未晤，得奉大示，無任欣歡。兄於
銘煌家來之後，當收到弟寄書郵一包，但覆信時適值北京在辦
放戰事中，不知當收到否。弟於戰國史甚有力多
…

…

杨宽致陈梦家书信

胡道静致杨宽明信片
（1979年3月11日）

繁忙的上海港
Busy Shanghai Harbour

DACHENG 大城

宽正兄：今年发呈一画，仍有三事志报：
（一）农科院农业遗产研究室（南京）遭四人帮拆散机构，下放人员，已全被摧毁。院在农科院报国准农业部电复，特改为所，名称不待防为农业技术史研究所，所业仍将建于南京。（二）郑州会议一致发起另级综会（农业技术史学会）。筹会或主，恳请全国多方后有志为农业史学者参加。（三）考古会议（全国性）据闻将于七月间在西安举行。顺颂
双安！
胡道静，
1979.3.11午夜

本市　永康路
109弄5号
杨宽教授

洁买鸟54.
上海人民出版社
胡道静

杨宽致上海图书馆馆长书信（1991 年 4 月
4 日）

杨宽致上海图书馆名人文化手稿馆馆
长书信（2003 年 2 月 12 日）

上海图书馆中国文化名人手稿馆

收 藏 证 书

杨宽 先生：

　　您捐赠给上海图书馆的珍贵手稿、文献（清单附后），
已入藏中国文化名人手稿馆。特颁发本证，以作褒奖。

上海图书馆中国文化名人手稿馆

上海图书馆中国文化名人手稿馆收藏证书

1983 年，杨宽在第三十一届亚洲北非人文科学会议上发表《中国都城的起源》论文

出版说明

　　杨宽(1914—2005),字宽正,上海青浦人。1936 年毕业于光华大学国文学系,师从吕思勉、蒋维乔、钱基博等。1936 年参与上海市立博物馆筹建工作,1946 年任上海市立博物馆馆长兼光华大学历史系教授,1953 年任复旦大学历史系教授,1959 年调任上海社会科学院历史所副所长,1970 年又调回复旦大学历史系工作。1984 年赴美国迈阿密定居至逝世。历任上海市文物保管委员会主任秘书、古物整理处处长,上海博物馆副馆长,中国先秦史学会第一至第三届副理事长。

　　杨宽先生是我国著名的历史学家,治学涉及墨子、古史传说、西周史、战国史、科技史和制度史等诸多领域。先生少年时有志于学,高中时代已发表多篇有分量的论文,专注于墨学研究及先秦史料考辨。在“古史辨”运动后期,发表《中国上古史导论》,提出神话分化说,补充发展了顾颉刚的“层累造成说”,被顾颉刚、童书业誉为“古史辨派”的生力军和集“疑古”的古史学大成之人。日本著名历史学家贝冢茂树评价"从疑古派中出现了像杨宽先生这样的人物,在充分摄取释古派的方法和成果的同时,正积极开拓一个可以推动现代古史研究前进途径,可以称为'新释古派'的新境地"。稍后其学术兴趣由上古史转向战国史,潜居故乡青浦撰写《战国史料编年辑证》,为日后铸就《战国史》这一断代史经典奠定了基础。20 世纪 50 年代,开始探索中国古代冶铁技术发展史、西周的社会结构和礼制,著有《西周史》、《古史新探》;80 年代应日本学界邀请讲学,完成《中国古代陵寝制度史研究》、《中国古代都城制度史研究》姊妹篇。杨宽先生生平出版专著十余部,发表论文 360 余篇,取得了卓越的学术成果。

杨宽先生也是中国博物馆事业的先驱。他参与筹建了上海市博物馆,并长期担任上海市博物馆馆长,为上海博物馆的筹建、发展作出了不可磨灭的贡献;对保护国宝毛公鼎与阻止著名的山西浑源李峪村出土铜器盗运出口作出了巨大贡献。另外,杨宽先生还参与了修订《辞海》古代史条目、编绘《中国历史地图集》先秦部分、标点《宋史》等工作。

杨宽先生与上海人民出版社结缘始于 1955 年版《战国史》,自此以后,主要著作几乎皆由我社出版。先生生前已有计划,集中各种著述在我社出版《杨宽著作集》。如今,《杨宽著作集》由我社分批出版,不仅完成了先生遗愿,也可以使读者更为全面地认识杨宽先生的学术成就。

上海人民出版社

2016 年 7 月

目　录

附录

致吕思勉(5 通)

（**1940 年 3 月 21 日**）

诚之吾师：

　　大教拜悉，传世古量，唯有商鞅量与新莽嘉量，二者尺度相当，嘉量前刘复尝作精密之实测，著《新嘉量之实测及其推算》一文，刊日本《考古学论丛》，据彼实测推算之结果：

　　新莽量一升为二〇〇·六三四九二公撮。即新莽一石等于二·〇〇六三四九二公斗（营造斗等于一·〇三五五公斗）。简言之，新莽一石等于通行之营造斗或市斗二斗而已。后汉度量制度承莽之制，《汉书·律历志》称晋荀勖造尺，所校古物，五曰铜斛（即新嘉量），七曰建武铜尺，可证。不但后汉承莽之制，即莽与前汉之制，当亦不甚远。据莽量以推论汉代之量，似甚可信也。因吾师询及，随笔推算呈上，不知吾师以为然否？敬乞明教。柳君存仁不知

何日有暇可以一晤，乞便中示知。专颂

　　铎安。

学生杨宽叩

三月二十一日①

（1941年2月15日）

诚之吾师：

　　生旧作《中国古史导论》，于任教粤西时半年内仓卒写成，论据既未能广为搜罗，行文亦欠畅达，蒙吾师为之校订一过，多所匡正，铭感无既。今又得数事，颇足增补旧作，谨誊录呈上，未知亦有当于师门之旨乎？……

　　以上七事，皆最近所得，未知吾师以为有当否？生论古史神话，多据诸子及《楚辞》《山海经》诸书以为说；前蒙吾师指示，谓尚可推而搜索之于《神异经》《博物志》等书，以穷其流变。此诚巨眼卓识，生甚愧犹无以报命也。

　　生于古史研究工作，本拟先成《古史集证》一书，其体例拟于古史上每一问题（由太古传说以迄战国为止），先列举古籍中材料，次则搜录前人之考证，最后更附以个人之案断。古籍中之材料，必使一字一句搜罗无遗。前人之考证，拟不特搜之于专著中，即笔记文集中亦必广为搜集，使成一古史研究的总结账。奈何为人事所牵，又苦无如许书籍足供搜考，致终无所成。《导论》一书，仅凭思虑所及，随笔写成，宜其无当矣。生意当前古史之研究，最大之难题，为殷墟卜辞之学犹

---

①　杨宽先生致吕思勉及吕翼仁函由张耕华老师提供，特此致谢！

未能建立成一体系，其章句训诂固在在成问题，其所识之字，亦多以意为之，未能坚人之信也。王国维于"𦏵"字，初释为"㚔"，谓即帝俊。既而因证帝俊之即帝喾，乃又改释为"夒"，谓与"喾"音同，又与"㚔"相近，究何所见而云然耶？王氏为学尚称审慎，其末流乃举古史上之问题，一一以卜辞穿凿附会之。地下之新史料诚较纸上之旧史料为可贵，宝物之史料诚较传说之史料为可信，但考释必须观其会通，然后能增高新史料之价值。若任情附会穿凿，其与伪造新史料，相去仅一间耳。

草草上达，不尽一一。得暇尚乞有以教益之。专此，即颂

教安！

学生杨宽叩首

三十年二月十五日①

（1943 年）

【上缺】《参同契》《抱朴子》中摘出，且曾稍加研求，已略有头绪。但《道藏》一书，至今未借得，尚无法续成之。（美人约翰生《中国炼丹术考》一书，本由素封兄译出，由商务出版，但其书幼稚肤浅，错误处颇多。）前在南洋中学曾见《道藏》影印本，问之该校校长王培孙先生，据云迁入市区后，书籍已装箱，堆积如山，找寻不易。生为此事访商务张菊生先生，据云此书原本藏北平白云观，此外河南南阳之道观中有一部，山西某山有半部，商务以徐世昌之力借印白云观藏本，仅印

---

① 吕思勉、童书业编著：《古史辨》第七册下，上海古籍出版社 1982 年版，第 376—381 页。

二百部,为世界各大图书馆分购而去。沪上除南洋中学外,仅商务本身存一部,亦装箱未易找寻也。又据云:闻沪上南市白云观亦有明版《道藏》一部,但主持人视同拱璧,不容他人借读,且屡经兵燹,今亦不知存否。处此乱世,寻书阅读之难有如此者。竹庄师、农山先生前在沪时,均曾趋访,精神均甚健。农山先生仍在家从事其生物学之研求与著述。迩来物价涨声尤劲,此间米价已出万元之关(或不久可稍小),好在为时想恐不久矣。草草上达。

专颂

撰安

学生杨宽叩

十月卅一日

(1943年)

诚之吾师:

生日前来沪,寓素封兄处,为素封兄搜罗中国化学史材料,费数日之力,已将两汉魏晋之炼丹术整理出一头绪,《淮南万毕术》(辑本)、《周易参同契》及《抱朴子》均发现有可宝之材料,大概所用原料以丹砂(硫化汞)、胡粉(碳酸铅)、雄黄雌黄(硫化砷)、硝石(硝酸钾)、曾青(硫酸铜)、白矾(硫酸钾、硫酸铅)、磁石(氧化铁)为最主要,其流变亦已有线索可寻,其色或黄或白,古人即据以为金丹或黄金白银。在药理学上,亦颇有依据,非绝无效验者。砒能使人发热,加速血之流行。西洋古代亦用以为长生不老之药。砒与汞化物皆剧毒,食少量固有益,多量则中毒而死。《抱朴子》谓雄黄丸、雌黄丸能使人"堪一日一夕之寒",此即砒之作用,所谓"五石散""寒食散"其所用原料与雄黄丸、雌黄丸等同，亦含有砒，固能散寒而使血液畅行，可使面色红润，一若有"返老还童"之效果也。若食多量，不免于死，此所以魏唐帝王有食之而死者。生已将所有丹方和原料加以分析，其中不可考之原料仅一二种。拟即请素封兄请人加以实验，先观察其化学变化，而后细探其药理。生于此虽门外汉，颇觉有意味。中国炼丹术早于西洋七百年，西洋今日之化学即出于炼丹术，亦由阿刺伯人输入西洋者乎？惟无确证可寻。汉魏方士虽无今日之化学之知识，但已能辨别药物，《周易参同契》即认为炼丹术最要者为辨别原料是否正确与所用分量是否确当，彼以为如不正确不确当，即虔诚祷祝鬼神亦无用，此点颇有科学思想在也。隋唐以后之炼丹术，须从《道藏》中求之，奈何一时沪上借不到此书，当俟之异日。两汉魏晋之炼丹术，生费数日之力已撰成一小册，共三万字。惟其化学变化与药理学上根据尚须加以实验。吾国炼丹术之历史已有千年，西汉之李少君及淮南王所用之方士，皆已能之。魏晋以后，此道更盛，丹方可考者亦甚多，独惜始终在道士之手，学生未尝问津。道人都迷于五行说，往往以五行说勉强加以解释，不能就药理本身加以检讨，致不能产生"现代化学"与"现代药学"。若西洋炼丹术果由吾国传往，则中国炼丹术在世界化学史上世界药学史上之价值亦已足重视。美人约翰生近著《中国炼丹术考》一书驰名世界，然其人于我国古书多不了解，应用之史料殊为贫乏，既不知据我国古书以考证其所用之原料为何物，于丹方之成分及药理，均未加检讨，仅敷衍以成文，其中大谈老庄哲学，竟不知老庄与炼丹术无关也。其书既陋又妄，而西人作化学史者乃大多据此以为说。生今治之，颇觉兴味，然《战国史》未成，终不克分身从事于此。生数日后拟离沪回家，实验工作只得待素封兄为之，且生

于此亦门外汉也。【下缺】

（1955 年 8 月）

诚之吾师：

覆示敬悉。关于中国社会分期问题，最近未有新出的书籍，丕绳兄（按：童书业字丕绳）提及的阿夫箕耶夫《东方古代史》恐是东北某一大学的译本，学生未看到。目前各大学出了一些交换的读物和讲义，均未看到，想大学历史系都有，学生想向复旦大学历史系一问。

关于中国历史的分期问题，目前议论纷纭，共有四说：（一）商为奴隶社会，西周以后为封建社会，此为范文澜等所主张；（二）从商到春秋为奴隶社会，战国以后入封建社会，此为郭沫若等所主张，见郭著《奴隶时代》；（三）从商到东汉为奴隶社会，魏晋以后入封建社会，此为苏联友人所主张；（四）从商到春秋为氏族社会末期，实行家长奴役制，战国到东汉为奴隶社会，此为中国人民大学尚钺等所主张。他们最大的毛病，是要把世界史切齐，把所有文明国家发展的历史统一划分阶段，同时认为中国古代属于东方系统，与埃及、巴比伦、印度同一类型。由于生产力的较低，奴隶制未发展到典型阶段，学生对于这点很不同意。学生认为中国社会经济的发展在近三百年是落后了，特别是在鸦片战争以后是更落后了，在这以前是超越欧洲各国的，他们认为中国古代生产不如希腊罗马，文化学术也不如，因此创出了古代东方社会的说法，把东方看得老是发展迟缓的。

学生想要从各方面的生产水平，和欧洲同时的情况作一比较，以说明中国古代生产力并非不如人，而且超越人家，一则苦无时间多读从苏联译过来世界史（大学中有交换用的，译出来的世界中世纪史，学生未读到），二则对各种生产技术发展的历史和发展规律，还没有摸清楚。（例如农业生产的水平，在欧洲发展的情况，亦有规律可寻，如能以此与中国古代发展情形作一比较，一定能解决不少问题。）最近写冶铁之文，还是从日人所译的德人冶铁史得到一些知识，才动笔的。

近年英国剑桥出了一本李约瑟（Joseph Needham）的《中国科学技术史》，共有七大卷，到中国的只有绪论一大卷，学生英文程度不好，只约略读了一下，据他说铸铁技术是十至十二世纪由中国传入欧洲的，水力鼓风炉是十一世纪由中国传入欧洲的，运河水闸是七至十七世纪传入欧洲的，探矿的深井钻掘器（即四川凿盐井所用的）是十一世纪传入欧洲的，有活塞的风箱，约在十四世纪传入欧洲，抽水机是十五世纪传入欧洲的，水力辗碎机是九世纪传入欧洲，中国古代生产技术的卓越，就是这些资产阶级学者也是不得不承认的，因此学生认为毫无理由把中国的生产力说成向来是落后的。

这学期在复旦教古代史的史料学，想用力研究一下铜器铭文，想把《尚书》和金文互证，近年来治学的多偏重金文而忽视文献，实际上文献材料远比金文为丰富，在解释金文时应运用前人对于文献研究上的成就，否则的话，等于凭空瞎说。近人论西周史的，引《尚书·无逸篇》："文王卑服，即康功田功，……"一段，不顾前人研究的成绩，硬说文王在这时还自身参加劳动，因此断为家长奴隶制，在氏族社会末期，又引《管子·法禁》篇所引太誓"周（囻）有臣三千"，不知此即《左传》《论语》所引《太誓》之"有乱十人"，而解释为周有奴隶三千人，把《尚书·大诰》的"民献有十夫"，解释为盂鼎的"人鬲"，认为即是奴隶，不过如此解释，金文不可通也。在近人的研究中，断章取义，穿凿附会,在所不免,这样就不可能正确地详细占有材料,正确解释史料,从而作马列主义的分析。

学生在《文史哲》发表之文,近得丕绳兄函,谓有一冶金学家,已写成一文,根据冶金技术来证明此说之正确,但也有人反对的,据说将作文加以驳斥,主张西周为奴隶制。学生想,如能读一些比较详细的苏联所出的世界史,我们一定能够正确解释中国历史,大概苏联对于欧洲历史的分析,既详又确,而对中国,由于史料不熟悉,一时尚不可能得到正确结论,惟有我们自己来搞,而且也应该由我们自己来搞的,最好能找到一本论述欧洲较详的中世纪史,一定有助于中国历史分期问题的解决。(大学中有世界中世纪史的译本的,学生尚未看到。)

拉杂写下,务恳多多指教,并望多多保养身体,很希望吾师在恢复健康后,对目前纷争的问题作一判断。敬祝康健。

　　　　　　　　　　　　　　　　　　学生杨宽敬上①

---

①　信封上的邮戳为 1955 年 8 月 24 日。

致吕翼仁(8 通)

(1982 年 8 月 16 日)

翼仁学长：

全部稿大体翻阅一过，经考虑，明年准备出版之稿，可以有下列六种：

一、《中国民族史》

二、《中国社会史》(即《制度史》)

三、《近代史三种》

四、《先秦学术概论》(原名《理学纲要》)

五、《宋明理学概要》(拟改名为《宋明理学纲要》，使与《先秦学术概论》一致)

六、《吕思勉论学集》

上述六种中，只有一、四、五是现存的，其他三种都要加工。看来，《近代史三种》加工不多，只须少数部分加新标点(目录、出版说明已写好）。拟请两位加标点，以便马上交出版社，这样可以先交出四部。《中国社会史》（目录、出版说明亦拟好），只是大部分未有新式标点，我试标了四页，很是费时。而且需要有一定水平的人才能标点，否则要标错，影响质量。如果自己找得到人，自己找人标点，如果找不到，费用由出版社安排。请出版社找人，可能不要拖很长时间。但一定要找有水平的人，以保证质量。标点中出现的问题，请校正者记录一下，以便研究处理，以保证质量。

《中国民族史》

《先秦学术概论》

《宋明理学纲要》

一、三书保持原样，所有附录仍旧，虽然有些条目与《读史札记》雷同，但为了保持原样，仍然照旧。有少数条目不见《读史札记》的，也不再收入《论学集》，这样比较合适。

二、如果影印，希望与四部《断代史》的开本相同，与整个《史学论著》可以成为一套。

《论学集》比较费时，目前正在考虑。同时要待老杨翻印的送来，翻印文章中，可能有些札记中已有，例如《匈奴文化索引》，可能就是札记中论匈奴文化的几篇。我意，必须保证质量，不收理论文章中涉及现实政治部分的，以免发生意外，并使这部书可以永久流传。这是最重要的。

杨　宽

1982.8.16

（1982 年 8 月 20 日）

翼仁学长：

　　前由珊群送上《中国社会史》稿中"赋税"一章缺"二十二页"，现在发现第 25 章中，有同样的"赋税"下半章（只有半章），其中有 22 页，可以补缺。同时，该下半章有些错脱字有校正，可以校正原稿之误，可惜只校 14—27 页，27 页以后未校正。该章中又分"钱币"一章的下半章（都只有宋以后部分，原是留下写宋史时参考的）。该下半章也有校正错脱字处。看来这些油印本上错脱字不少，标点时，希望能校正错脱字，不能校正而读不通者，希望记录下来，以便研究校订。

　　目前正在编《论学集》，看来标点校正工作量也不小。即便已发表之文，标点也不统一，有的有括号，有的没有括号。《三国史话》拟改题为《三国史讲话》，《宋代文学》拟改题为《宋代文学概论》，一律编入《论学集》。计划《论学集》卷首为《蒿庐论学丛稿》，把有些论文之类编入，卷末为《蒿庐史札》，把所有未编入《读史札记》的札记编入。这两部分都要加工。中间把《史学四种》（加上一种）、《群经概要》《经子解题》《三国史讲话》《中国政治思想史十讲》《宋代文学概论》《文字学四种》，依次编入，可以编成一大部《论学集》。

　　理论文章拟尽量不采用，包括《大同释义》。因为《大同释义》所讲的"大同"是《桃花源记》的境界，所讲社会历史分为"大同、小康、乱世"，亦与社会发展史的五个阶段不合，抵触太大。其他主张有关改革的文章，亦有问题。《论学集》只单纯地论学术为主，较为稳安。这样可以传之后世。

目前还在考虑如何选取论文和札记。

连日太热，秋老虎来了，尚望珍摄。

我还想写一篇报道，讲《吕思勉史学论著》将分期出版，送请《中国史研究动态》发表。最近得《中国史研究》编辑部函，谓前写论文，已看过校样，九月底即可发表。

杨　宽

82.8.20

（1982 年 11 月 3 日）

翼仁学长：

来信收到，能办成故居事，极好。

希望积极进行《论学集林》的出版工作，加工完成后，希望明年出版社付印，机不可失。

《出版说明》读后，有何修正意见，请考虑一下。同出版社接洽时，说明卷首要加几页照片。一、吕师本身像，二、故居门口摄影，三、沪寓书房摄影，四、《白话本国史》第一版封面（或其他早期出版有代表性书的封面）摄影，五、早期或有代表性文稿照片，六、史书上圈点、眉批照片一页（以上选有代表性）。这方面希望搜集、挑选一下，以便选尽（写好简要说明，附在照片之下），正反面共六页，印成三张，尽可能选有代表性的，可以作为永久纪念。因为只有这本书上，合适用这样一套照片，印在卷首。要求制版清楚、印刷精美。好在页数不多，出版社应该可以同意。如有必要，我可以专程往出版社与他们商量决定。

专颂

近安

杨　宽
11.13

如果古籍不愿意，可以由上海人民出版，如果故居照片拍的不合用，是否托人另拍，力求照片上像样。半身照片亦必须选最有代表性的。如果有早晚期不同合适照片，选早晚两张亦可，注明拍摄年月。

（1984年12月16日）

翼仁学长：

时间过的真快，来到此间，不觉已经半年了。久疏问候，甚为悬念。

目前讲学之事已告结束，因患高血压常头晕，不适宜作长途飞行，正静待康复中。

吕师著作出版，想必又有进展。估计《隋唐五代史》当已出版，未知《先秦学术概论》已出版否？《论学集林》已付印否？

以前请求永圻兄（指李永圻——编者注）托芝加哥陈君带来美国的红枣、玫瑰花丝围巾，三月前已经收到。既麻烦陈君远道带来，又花去寄费，十分感激，请代为感谢。

现在想到一事，请帮助。以前交给上海古籍出版社的拙作《中国古代陵寝制度史研究》一书，临行前，已看到校样（共二百六十多页），并已改正了错字，正待出版。原拟十月或年底出版，未知已出版否。请便中问一下姜俊俊同志，如果已出版，请代定五十册精装本，请古籍出版社派人送到雁荡路 18 号 47 室,敝寓中有人留守,送到时回单上可以叫他盖上我的图章,以便分送国内外诸同行。

此间中文报纸上,曾看到梁隐在香港做寿的报道,最近又看到他纪念孙中山诞辰的文章。

永圻兄前,请代为问候。敬祝

新年愉快

杨　宽

一九八四年十二月十六日

(1985 年 11 月 12 日)

翼仁学长:

许久未问候,想必近况佳胜。去年十二月曾上一函,承蒙学长与永圻兄先后回覆,甚为感激。

上次信上,谈到患高血压常头痛头晕等等,经检验,断定是心脏病,至今尚在不断医治与疗养中,想必逐渐能康复。

吕师遗著出版工作,当续有进展。《论学集林》不知已有着落否?甚为悬念。

目前有三件事,想请学长与永圻兄帮助:

(一)拙著《中国古代陵寝制度史研究》平装本已出版,并已销行国外,据有关日本友人来信,此书在日本反应极好,认为内容丰富,印刷亦佳,很感到满意。请便中告知姜俊俊同志,此书对中日两国间学术上的交往作出了贡献。上次曾请学长告知出版社,送此书精装本五十册至雁荡路 18 号 47 室敝寓。想必精装本不久可出版,一定照送。想便中请问一下,此书稿费如何领取为妥?目前复旦的工资,每月由此间寄一张请代领的便条到上海亲戚处，由那位亲戚拿了这张便条以及领工资的图章，并随带他的工作证到复旦财务科领取。是否也可用这一办法，请出版社通知稿费数字，由此间出具收据寄到上海亲戚处，由那位亲戚拿了收据，带了图章以及他本人工作证到古籍出版社财务科领取。如果这一办法还认为不够好，应该如何较好，请学长代为商定。因为很快便到年底，想必出版社年终要结账，必须了结这类的事。如果由学长代领，是否方便？

（二）上海辞书出版社，有一本中型的《中国历代辞典》（约五百万字），名义是个主编，原来计划一九八四年底付印，一年后出书，估计此时或稍后可以出版，请关心一下，如果此书出版，请写信来通知，以便与出版社联系。

（三）有一件想不到的事竟然发生了。北京出版的《自学》今年第八期，刊出北京历史研究所刚毕业的研究生诽谤我的文章，满纸捏造和谩骂，诬蔑我剽窃了他的"毕业论文"中的东西。此人素不相识，仅在"西周史学术讨论会"上见过，当讨论他的文章时，曾坦率地指出他的治学方法不科学。想不到现在竟会写出如此恶毒捏造和诽谤的文章。我已写成驳斥文章，送到复旦，复旦早已把此事上告到中央宣传部，不知《自学》为什么事先不和复旦联系，竟然胆敢刊登如此恶毒诽谤的文章？又不知北京历史研究所的领导了解之后，如何了结此案？我的驳斥文章，理直气壮，要求领导上认真严肃调查与处理此案件。因为作为学术工作者，学术是他的第二生命，不容许随便诽谤与诬蔑。听说上海《报刊文摘》曾摘要，而且此人还把《自学》上的文章剪下，加上诬蔑的批注，分别寄送到各地学术单位，我不知道他这样做法，将来如何收场？如果关于此事，听到有什么情况，请告知。北京历史研究所中是否有熟人,请探听一下。这一研究所究竟这样做的目的何在? 有什么背景?《自学》又是为了什么? 目前复旦正等待领导对此案件进行调查与处理。

此间中文报纸报道,说复旦经济系伍丹戈自杀,情况不详。

近年来很少与外间通信,便中请多多指教。

永圻兄前,请代问候。敬祝

健康

杨宽敬上

八五・一一・一二

(1986 年 2 月 20 日)

翼仁学长:

去年 11 月曾上一函,为了一点事,请求帮助联系或了解,学长为此费去了许多精力,甚为感激。自从诽谤案件发生,消息传开,就避免与外界接触,免得与人议论此事,造成节外生枝。曾长期不与此间学校联系,而学校中管理通讯事务的人又有调动,新来的人不熟悉。最近去问询,才知道有些上海来信,全部被退回,估计学长来信也被退回,不胜遗憾,抱歉之至。

最近得上海校方转来通知,《自学》将发表拙作的反驳和辨白的文章,但已删去一些字句或段落,加了"编者按"。前曾写成《为什么如此恶毒诽谤》一文,寄送到系里,请求全文发表,不作删节,并且注明:"如要删节,影响内容,宁可勿发表。"本来《复旦学报》于 1 月份将发表,恰巧系主任有事到北京,与《自学》直接谈判,《自学》表示愿意刊登辨白反驳的文章,但要删去一些为条件,并愿加上"编者按"表示"歉意"。因打电话联系不上，系里已经同意如此做法，并认为问题已解决。在这以前，曾去信到系里，认为《自学》事先不核实，发表时又加按语，作为"头一回"鸣不平，并以此号召"大家都来鸣不平"，《自学》有不能逃避的责任。诽谤者将此文章剪下或复印，加上指名道姓的批注，分寄到不少文物单位与研究单位，如何消除在这些单位的影响，是个重要问题。诽谤者的导师在文后附有"说明"，加重了诽谤的"份量"。如果他见此诽谤文章而附加什么"说明"，亦有一定的责任，如果别有原因，亦应重新"说明"。并且强调指出：希望全文发表反驳文章，不作删节，此乃解决这一案件的第一重要步骤。

现在《自学》声称"原有责任者已调离"，学校方面对此表示满意，并同意删去我文章中批评《自学》，并指出负有严重责任的字句。目前，我文章发表后，再看看各方面反应如何，再定如何办法了，不知北京历史所如何表态？

关于上海古籍出版社稿费，承蒙联系和帮助解决，极为感激，我上海亲戚已与他们取得联系，并已通知如何办理代领，我已按照来信照办。此间有个学生，从图书馆借来影印的《逸周书分编句释》一书，用原稿影印，共五百页，系道光年间上元人唐大沛定稿，原藏"中央图书馆"。此书不失为一佳作，国内未有人见过，我认为上海可出复印本。已寄一《序录》和样张给姜俊俊同志，如果出版社需要，我可请人到图书馆中复印，费用可由我支付。正待她有回信转交我的亲戚。

我有关稿件之事，未了的，尚有两处，一即上次谈到上海辞书出版社的《中国历史辞典》，二即与沈延国兄合作《吕氏春秋集释》一书，北京中华书局已把此书列入《新编诸子集成》中，并在一些出版物中宣布，或者某些书的末尾列入将来出版的目录中。目前还不知中华书局是否已付印。目前成问题的,陈奇猷与此相同的《吕氏春秋校释》一书,如果我在的话,应该调回该稿,与陈书作一比较,再加工,使超过陈著,再出版。但此事工程很大,全书一百几十万字,很不容易办。而且我此时亦无此能力,只能待出版再说了。北京中华书局亦曾见到陈著,曾有意请双方合作,并成一书,陈不允许,我们也感麻烦。结果北京中华书局留我们的稿而不取陈稿,但是陈稿争先出版(因上海学林出版社新办,接此稿件,很快出版)。如果有关这方面有什么消息,亦请告知,并请注意。

《光明日报》编辑的《中国历代历史家传》一书,共三册,已出版。原来他们征求我意见,要我写一篇汉代著名历史家的传记,我未允,当即请以老师的传记加入。即用发表在《中国史研究》上文章,略加补订,想必已见到。

想必吕师的专著出版工作很有进展,唯一没有能够及时出版的《论学集林》,不知落实否?甚为悬念。

我来此间,不与外界接触来往,与此间各大学著名学者间亦未通信,外界的消息甚隔膜。听说有些历史考古界老学者去世,东北的于省吾前年去世,北京的夏鼐去年去世。上海方面的情况也不清楚。上海几个大学的情况,此间中文报纸很少读到。纽约消息较灵,那里华人多,中文报刊很多。此间僻处东南沿海,消息不灵。

最近接到转来通知,说系里有三个人,即谷老(指周谷城——编者注)、谭老(指谭其骧——编者注)与我,"不搞退休"。言下之意,其余的人都搞退休。不知是否一些大学又在搞退休了?原来"文革"后,有些人搞退休,如我系的章巽退休,后来又请回来,重新要他带研究生(中西交通史),是否现在又退休了?目前又是否有新的政策?

原来规定，教授年到 70，即可退休，如果自愿继续工作，而学校又极需
要，亦须申请上级批准。曾有公文发布，"政协"曾发表，学校当局则
秘而不宣，以便掌握。

上海辞书出版社中型《中国历史辞典》，约五百万字，原定我是主
编，其他还有副主编多人。我现不在上海，某些人可能要争取这个主
编，甚至可能取消原定计划。但是，这是本将大赚其钱的书，必然会
出版，一切待它出版后再说，不便目前去探听什么。如有消息，亦请
告知。

我的通讯处：

Miss Bertha San Pedro

Dr Chen He Jing 2727S. W.20 street

Miami，Florida 33145. U.S.A

信封上不必写上我的名字，因为她们不认识我。这一通信处，请
不必告知别人。

敬祝新年健康、幸福。

永圻兄前，请代问候。

杨宽敬上

2/20，1986

（1986 年 4 月 10 日）

翼仁学长：

三月二十日大函，敬悉。

承蒙在这以前，连写两信，均被退回，又蒙永圻兄托人带信，亦未
收到。学长们为此费去许多精力与时间，十分抱歉，极为不安。

自从《自学》发表诽谤文章,已引起许多麻烦。《自学》发行量很小,但发生这类的事,十分引人注目,消息会不胫而走。海外知识分子对此特别敏感。《自学》上的文章,是香港友人剪寄来的,同时又有友人从纽约来信问及,并转寄来纽约中报发表评论"姚迁一案"的文章,题为《从一件新冤案……》。南京博物馆长姚迁因被人诬为剽窃(刊登报刊)造成错案,而导致自杀,继而又平反。此事在国内恐无人注意,在海外,却引起不少波澜,纽约中文大报为此发表较长的评论文章。在这种情况下,辨白而要求上级处理的文章,就不能写了。文章不仅批评指责、诽谤者,更针对《自学》这本杂志而发表。现在复旦反而与《自学》直接谈判,同意《自学》发表此文,肯定会删去文中指责《自学》的字句,据闻将加上"编者按",将轻描淡写地表示歉意。并声称原负责者已调离,以此推卸责任。据谈,上海《报刊文摘》亦将摘要发表此文。在此鞭长莫及,事已如此,只能待发表以后看各方反映再说了。

曾蒙多次与小姜(指姜俊俊——编者注)商谈,帮助商量请人代领稿费手续,以及了解一些情况,十分感激。

小姜办事认真,十分出力。拙作因有日文译本,中文本必须讲究些。本来"上海人民"争着要出,怕它办不好。此间由小姜办理,办得很出色,日本友人亦很满意,已再三向小姜表示谢意,并请他向出版社领导致意。

沈延国学长有《逸周书集释》一稿在小姜处,此间所见《逸周书分编句释》稿本复印本,国内学者均未见到(共五百页),如果沈书出版,是应注补充,或同时刊印的。此纯以"学术"考虑,并不希望因此得到任何报酬,已回复小姜了。影印古书有年度计划,是否适合目前需要，亦待出版社考虑。如今延国已逝世，深感悲痛。看来他的《集释》遗稿已出版无望了，因为无人会再帮他出书了。《吕氏春秋集释》旧稿，北京中华早已接受，并已预付了部分稿费（延国兄早已收到），目前问题是全书一百几十万字，要看校样改正错字，或略作修改，十分困难了。

吕师遗著续有出版，开明版《中国通史》上册，闻亦已付印，并改名为《文化史》，很是高兴。

上次所说《中国历代史学家传》出版时，已改名为《中国史学家评传》，原为《光明日报》约稿，现改由私人主编，共收八十多人，其中近现代二十七人，共分上中下三册。最后一段作了些修订补充。由中州古籍出版，郑州"新华"发行。分平装精装二种（下册平装 3.50 元，精装 4.60 元），估计郑州有售。吕师一文，排在二十七人中，份量比重是合适的。老汤（指汤志钧——编者注）在此有《章太炎》一文，比较简短。

来信谈到伍丹戈病死的，将写信告知日本友人。日本名古屋大学一教授，曾来复旦一年，治明史，与伍感情甚好，伍去世时，曾专程到上海送丧。去年见到上海《民主与法制》中刊登有关伍的文章，极有感触（并复印一份寄来），问及临终实况。纽约某中文报对此报导失实。纽约有中文日报十多种，都篇幅很多，内容庞杂，立场各不相同，甚为复杂。

永圻兄前，请代问候。

荷静问候，敬祝

康健

　　　　　　　　　　　　　　　杨宽　四月十日

(1986 年 5 月 10 日)

翼仁学长：

美国通讯处：

DR. CHEN. HE JING

ROOM 745

6305 COLLINS AVENUE

LOMBARDY HOTEL

MIAMI BEACH FLORIDA

电话 305-866-7761 转 ROOM745

顷接荷静来信，她是要请长假回来。

匆匆，即问

近安

杨　宽

5.10

杨宽、童书业往还（4 通）

(1937 年 3 月 23 日)

丕绳我兄：

屡蒙吾兄为《禹贡》索稿，一时因忙不过来，不能详细翻检书籍，故迟迟不能应命，至愧，至歉！前夜兴来，乃穷半夜之力，成《说夏》一文，武断臆说，自知无当也。顾刚先生与我兄正用力于《夏史考》，想定多高见，区区恐未当于高明之旨。顷读《尚书》又得一证，乞为补入。

……

专此，即颂撰安！

弟杨宽再拜

三月二十三日①

---

① 童书业、吕思勉编著：《古史辨》第七册上，开明书店出版社 1940 年版，第 290 页。

（1939 年 4 月 23 日）

宽正我兄：

拜读大作《黄帝与皇帝》后引起我的许多意思，现在姑陈三点，请你指教：

（一）黄帝自是皇帝之变。崔适据《易·系辞传》"黄帝尧舜垂衣裳而天下治"，《风俗通义》引"黄帝"作"皇帝"，《春秋繁露》亦以轩辕为皇帝证《吕刑》之皇帝即黄帝，其说是也！《吕刑》"蚩尤惟始作乱，……苗民弗用灵，制以刑，……杀戮无辜。……虐威庶戮，方告无辜于上。……皇帝哀矜庶戮之不辜，报虐以威，遏绝苗民，无世在下"。此言苗民蚩尤作乱，制刑以杀无辜，上帝震怒，遏绝苗民之世。与《史记·五帝本纪》："蚩尤作乱，不用帝命，于是黄帝乃征师诸侯，与蚩尤战于涿鹿之野，遂禽杀蚩尤"之说，一为神话，一为人话，本出一源，非常明显；则黄帝之即皇帝，可无疑问。又案，《逸周书·尝麦篇》云："昔天之初，诞作二后，乃设建典，命赤帝分正二卿，命蚩尤于宇少昊，以临四方……蚩尤乃逐帝，争于涿鹿之河，九隅无遗。赤帝大慑。乃说于黄帝，执蚩尤，杀之于中冀。"赤帝即炎帝，为二后之主。黄帝与蚩尤为二后，蚩尤及上与赤帝争，赤帝失败，乃引黄帝以擒杀蚩尤。此大可补充《吕刑》之记载。姜族与苗民争而失败，乞援于姬族，姬族灭苗族，遂并服姜族也。姬族既服属姜苗二族，其宗神遂演化而成诸族共仰之上帝；苗族既亡，其宗神乃被诋为恶魔；而姜族受待遇较高（观于姬、姜二族世通婚姻可知），故其宗神虽降为黄帝之次，而亦不失一方上帝之资格也。后世传说以炎帝与蚩尤相混者，或由姜、苗二族杂居之结果；抑姜、苗二族本属同支，前人尝以三苗为姜姓矣（见《后汉书》等书），而《牧誓》亦以羌髳并称，羌即姜，即苗也。此条虽近臆说，然不无相当之理由，吾兄能同意否？（姬、姜亦本一族之分之，故传说炎黄同父；至黄帝胜炎帝之说，亦由姬族胜姜族而来。）

（二）《吕刑》于记皇帝遏绝苗民后，即云"乃命重黎，绝地天通，罔有降格"。此与《国语·楚语》："少暤（当即蚩尤）之衰也，九黎乱德。……颛顼受之，乃命南正重司天以属神，命火正黎司地以属民；使复旧常，无相侵渎，是谓'绝地天通'"之说相应，则颛顼亦皇帝之化身也（颛顼之为上帝，《墨子》书中已有明证）。《吕刑》又云，"鳏寡有辞于苗，……乃命三后，恤功于民……"，此又与《楚语》"其后三苗复九黎之德，尧复育重黎之后不忘旧者，使复典之"，以及《国语·郑语》云，"黎为高辛氏火正"，而《大戴礼》及《史记》并以高辛为帝喾，征之《楚语》谓颛顼使火正黎司地以属民，然则帝喾与颛顼之传说又相混，得非帝喾亦皇帝之化身乎？（帝喾之为上帝，《诗经》中已有明证。）《吕刑》之皇帝，观其上下文，明只一人，而传说中乃化为五人。《史记·殷本纪》引《汤诰》上言"古禹皋陶久劳于外"，"后稷降播"，下言"昔蚩尤与其大夫作乱百姓，帝乃弗予"。此即《吕刑》之别本。所谓"帝"即上帝无疑。可见自黄帝至尧舜，无非上帝之化身，即《吕刑》一篇，已足明证之矣！大作亦据《吕刑》以证人王之五帝即天地之演化，但缺一总论，故为补之；吾兄以为善否？

（三）《吕刑》中之皇帝即天地，吾人于金文《訇师殷铭》"肆皇帝无斁，临保我厥周与四方"为证，已足缄反对者之口。然《吕刑》本书中犹有铁证：《吕刑》云，皇帝"遏绝苗民"，又云，"上帝不蠲，降咎于苗，苗民无辞于罚，乃绝厥世"。此非皇帝即上帝互文之铁证乎！帝谓姬、姜二族之大宗神之本名已不可知，及后姬族大宗神演化成皇帝

（上帝），又由皇帝转变成黄帝，而姜族大宗神盖亦同时演化成一方之上帝，因与黄帝对抗而立赤帝之名，又有赤帝而变为炎帝也。（炎帝为上帝，《史记》中已有明证。）

　　草此，即颂

教安

弟童书业拜上（四，廿三）①

（1939 年 5 月）

丕绳吾兄：

　　大教所论三点，真是十分之见。这里也就吾兄所论，再发表一些管见，不知尊意以为何如？

　　（一）"黄帝"之"皇帝"，《吕刑》上有铁一般证据。古代"黄""皇"二字本通用，"黄帝"也有作"皇帝"的，拙作《黄帝与皇帝》中，都曾列举其证"皇帝"这名词先出，"黄帝"晚见，那么，"黄帝"传说是由于"皇帝"神话的转变这是很显见的事实。吾兄以为这是皇帝征苗民神话的历史背景是"羌族与苗族争而失败乞援于姬族，姬族灭苗族，遂并服羌族也"。弟则以为此为羌民族（即姜姓）征服苗族之历史神话。这神话初见于《吕刑》，吕本姜姓，而所命"恤功于民"的三后，伯夷居首席，伯夷即太狱四狱，本来也是羌族姜姓的宗神。在神权时代，出征的时候，一定要求上帝保佑（卜辞中此例甚多），战胜了一定也要把功绩归之上帝，所以《吕刑》要说征服蚩尤"遏绝苗民"的，是皇帝上帝。这皇帝上帝自然是羌民族的上帝。但是《墨子》确说征服苗民而

---

　　①　童书业：《关于黄帝的讨论》（一），《文汇报·史地周刊》1939 年 5 月 10 日第 10 版。

有天下的是禹。《非攻下篇》说:"昔者禹征有苗,汤伐桀,武王伐纣,此皆立为圣王。"又说:"昔者三苗大乱,天命殛之,……高阳乃命禹于玄宫,禹亲把天之瑞令,以征有苗。……禹既克有三苗,焉历为山川,别物上下,乡制四极,而神民不违,天下乃静。"这说征三苗的不是皇帝上帝,而是高阳(即上帝)所命的禹。这是因为后来出征时习惯上祭祀的是社(春秋战国时都是如此),要社神来保佑战争,战胜了自然要把功绩归之社神,禹本来是西方羌民族的社神,所以《墨子》又说禹征服苗民了。

(二)《吕刑》皇帝上帝的神话,固然是五帝传说之所本,不过鄙见以为黄帝、颛顼、尧三帝是《吕刑》皇帝上帝之分化,这是西方羌民之族的上帝。而帝喾、舜是《诗》"帝立子生商"和《天问》"帝降矣羿"的"帝",也就是卜辞的高祖夒和卜辞的帝后,这是殷人东夷的上帝神话,和《吕刑》的皇帝上帝并非一个。因为后来东西民族的混杂,东西上帝神话也相混淆,所以重黎有的说是颛顼之子,有的说是帝喾之子殛鲧的,有的说尧,有的说舜。五帝虽出二源,其为上帝一也。(未完)[①]

(1965 年)

丕绳兄:

前一个时期,此间运动很紧张,回家休息也很匆促,你来的信,粗粗看毕了,还没有细读。你所写《春秋左传考证》,已完成第一卷,好

---

① 杨宽:《关于黄帝的讨论》(二),《文汇报·史地周刊》1939 年 5 月 17 日第 10 版。原文如此。

得很。希望你继续努力,特别是春秋时代各国经济制度和政治制度,有许多地方,都需要作深入的考究。

拙作《古史新探》论文集,已出版,已寄上,想已收到。希望你细读一下,多多提出意见。因为我还想继续把这方面的论文写下去,出"续集"。"续集"打算继续探究西周春秋年代的各种制度。"礼"的方面也准备再作些探索,目前尚无具体规划,希望你提出意见。

你看,这样研究的一条路,对不对头?也希望你发表意见,因为这样的可靠史料,《三礼》以及少数民族史方面研究成果结合起来,前人还没有作过深入细致的探索,我以为,大有可为……①

① 童教英:《从炼狱中升华——我的父亲童书业》,华东师范大学出版社 2001 年版,第 282 页。

蒋大沂致杨宽(1 通)

（1940 年 3 月 4 日）

宽正吾兄左右：

昨竟日未外出，在寓中伏读大著《中国上古史导论》，词锐而证密，体大而思精，钦佩何极！吾国古史传说，先之以自然变化，重之以人工饰伪，不特棼如乱丝，抑且胶以投漆，究诘无从，非一日矣。自顾师颉刚攘臂一呼，首发层累构成之覆，今又得吾兄集合众说，爬梳而董理之，不特饰伪之词，日以游离，即纷乱之实，亦渐克睹其条理；系统就绪，则补苴易于为力；继往开来，大著为不朽矣！

大著循环论证，由古史传说探索其神话之原型，有证如山，不容反覆。惟尊著仅探索至神话而止，而于神话之初相以及神话之历史背景，则犹未暇论列。吾兄称继续将有《中国古代神话研究》一书之作，未知已着手否。姑就感想所及，略陈固陋，就正大雅。……

读大著后，所欲言者殆十百倍于此，而明日将有天目之行，不得从容陈说,即此所写,已感忙迫,最后数段,尤为草率,殆不足以达意矣。

　　匆匆即颂

撰安!

弟大沂顿首

廿九年三月四日①

　　① 吕思勉、童书业编著:《古史辨》第七册下,第 368—376 页。

致沈延国（1通）

（1946年5月）

子玄我兄赐鉴：

　　许久未晤，曷胜驰念。赵善诒兄多年未通音讯，其通讯地址乞便中示知。兹有恳者，因当局需交履历证件，弟之证件于战乱中大多损失，乞便中设法出一母校之服务证件（证明二十八年起之三十年曾任母校教授）。又童书业兄亦恳光华出一服务证件，想必蒙允许也。我兄近年来作何研究，工作想必多新见。弟数月来为杂务奔走，甚少之时间研究，殊感苦痛，草草即颂

　　撰安

弟杨宽顿首

赐教请寄：本埠四川北路横滨桥九六一号上海市立博物馆①

---

　　①　此函藏于华东师范大学档案馆：私立光华大学一九四六年证明书，目录号：82-2-70。

致胡就明(1 通)

(**1949 年 6 月 27 日**)

就明主任先生：

　　顷接电话,问及戚家墩出土文物,因电话中断,没有能够说明白。戚家墩在松江,这是个汉代居民住宅区的遗址,出土文物除瓷器及碎片等,是去年春天所发掘的,全部早就运回馆中。那次发掘最宝贵,以前只知道晋代才发明瓷器,同时这类瓷器以前就有发现,也不认得汉代的。经过那次发掘以后,汉代发明瓷器这一点给我们证实了,而且汉代瓷器的质料和式样,我们也辨认清楚了。

　　至于此次在常州发掘的,是另一个六朝的坟墓(地点在常州南门外恽家墩),工作是和同济大学合作的。到解放为止,只掘了一个墓室,全墓的发掘并未完工。出土物已有六十余件,完全在常州军管会指导之下,寄存在常州县立图书馆尚未运回。这批古物常州当地人主张将来在常州公开陈列的,我们和同济大学曾和他们订立合同,说明待全墓发掘完工，须运沪整理研究，编著发掘的学术报告，待研究工作完成，然后再运回常州陈列。这件事究竟如何处理，此后发掘工作何时继续，尚恳和常州军管会、文教部作一洽商。专此奉覆，并致敬礼

弟杨宽敬上

六月二十七日①

---

　　①　此函藏于上海市档案馆：关于上海市立博物馆、体育馆、图书馆、民教馆等工作业务范围及组织系统、员工编制的训令，档案号：B105-1-64-1。

致陈梦家(1 通)

(**1950 年 3 月 4 日**)

梦家吾兄：

多日未晤，得奉大函，无任欣欢。兄于敦煌寄来之信曾收到，但覆信时适值北京在解放战争中，未知曾收到覆信否？弟于战国史用力多年，尚有收获，关于六国纪年，弟颇有更订。前曾发表若干篇报章副刊，惟此时不易搜集，无由奉上请教。丕绳解放后已往山东青岛山东大学执教。

①《文物周刊》八十期以后仅有单张，且因各方需求，赠出甚多，留存极少，兹特检出一套奉上，请加教正（另邮奉上）。八十期后尚留有纸版，可以翻印。惟日前在经济与工作方面上，恐不能致力于此。

② 敝馆所藏甲骨共千余片，前曾由光华助教郭若愚拓过，馆中无留存拓本。

③ 敝馆近购得商代生产工具四件，犁头一，斧一，锄头一，钟一，

均为青铜器，且俱有铭文，系安阳古玩商带沪出售。（古玩商不知为何物，认是兵器中止异品。）近来馆中同人工作甚忙（忙于将陈列室改按社会发展规律排列，并绘制幻灯片），一时无暇拓出大量拓本，因各方来函要求照片与拓本者甚多，待稍暇照片拓本后当即奉上一份不误。日前文物局王天木兄来函要求照片或拓本，已有犁头之素描及拓本一份寄至文物局。

④ 光华郭若愚兄之书，弟只知其印就，尚未悉是否出版。郭君解放后已离光华，不常见面，当代为打听也。

敝馆自解放以来，添置新品尚不少，由于古物价格太□，均极便宜，但最近因开展反轰炸工作，经费困难，添购陈列品工作不能不暂停。

弟近来工作极忙，除了博物馆业务外，仍兼光华教课，又搞工会工作，极少写作时间。曾拟将战国史方面之考证整理出若干篇，亦一时未成也。

匆匆即颂

撰安

弟杨宽敬上

三月十四日

四川北路 1844 上海市历史博物馆①

---

① 此函由方继孝先生提供原件复印件，特此致谢！

致沈之瑜(1 通)

(1953 年 8 月 12 日)

沈处长：

关于部主任和主要干部的评级问题，我认为应该根据下列原则来评：

（一）四年来德才的表现，在工作上的贡献。

（二）领导干部是否有领导的德才，在领导工作上成就如何？

（三）学术水平也应该有著作，看学术论著上的贡献。

（四）至于过去资历，只能适当照顾。

上述原则，应该是对的。如果根据上述原则来讲，我馆和上图之间，就存在着很大问题。同时，中央明文规定我馆为一级馆，似乎对中央这个指示，也应明确宣布的。

这里，存在着下列几个问题：

一、蒋大沂在四年来，对复制工作和陈列工作，作出了不少贡献，这是有目共睹的。工作极积极，而且能钻研，有成果。这和王育伊、岳良木在工作一贯消极，不能相提并论的（由于王育伊的消极，外间有不重视的传说），同时王育伊不能担任领导工作。如果以资格论，蒋大沂在大学任教有二十年，并曾任华西联合大学研究所的研究员（正式研究员）。如果以学术论，王育伊只有在《禹贡》半月刊上二篇关于辽金地理的文章，蒋大沂在华西研究所刊物上，曾发表多篇极结实的论著。

二、蒋天格原为十六级，王育伊为十七级，而今评级结果，倒了过来，蒋天格为七级，王育伊为六级。如果以工作态度和表现来论，是完全不相称的，以资格论，蒋天格为多年副教授，王育伊则无。

三、沈文绰原为十九级，现提到八级，论其学术水平和业务能力，是不能和郑为相比的。上图八级的人员不能和我馆八级、九级人员持平。如果如此，我认为我馆八、九级人员倒要升一级。

四、徐永棠、张叔范二人的评级，使我馆各方面的评级发生困难。博物馆的行政工作，是需要独当一面的，负责任很大，工作极繁重。如果单纯地和属科员来比，我认为是不确当的。如果张叔范评十四级，夏顺奎的评级就发生困难，他原为业务组长，按照张叔范的例子，也就只能评十四级了。

五、上海博物馆向来和东北博物馆、南京博物院是相并的，这次中央还是并列的对待，这是对的。但是据我所知，东北博物馆的研究员李文信，早就评为三级（上次在博物馆会议特看到文件）。南京博物院的情况不了解（过去南京博物院的级数和我馆差不多的）。我认为也应适当照顾。

六、这次评级，上图比上博提得快，大多提二级，而我馆多提一级,相比之下,是有问题。

　　总之,我认为评级的正确与否,关系将来干部的使用,是需要郑重考虑的。

　　上述意见,希望能再加考虑。

　　此致

敬礼

杨　宽

8.25①

---

　　①　据孔夫子网上照片。

致马曜(2 通)

(1975 年 7 月 15 日)

马曜同志：

承嘱对大著《庄蹻》一文提意见，总的看来，论证周详，很有新见。有两点，我认为比较重要，提供参考：

（一）这文认为庄蹻为楚将，不见战国诸子，乃出于司马迁的臆造，并认为《荀子·议兵》所说庄蹻"善用兵"，也指他"起而为乱"，这点似乎可以讨论。荀子对答赵孝成王、临武君问"王者之兵"，先论齐之技击、魏之武卒、秦之锐士的强弱，认为这都是"干赏蹈利之兵"。接着就论到"招近（延）募选，隆势诈，尚功利"是"盗兵"，而以"齐之田单、楚之庄蹻、秦之卫鞅、燕之缪虮（乐毅）"等"世俗之所谓善用兵者"为例，认为他们都是属于"盗兵"一类，"未及和齐也"。而五霸"皆和齐之兵"，但还不是"王者之兵"。从上下文来看，庄蹻这个"善用兵者"，只能是指楚的将军，否则"招进募选……"等话，很难解释，不可能把一个农民起义军领袖夹在战国将军中一起评论。至于《荀子·议兵》下文谈到"庄蹻起,楚分而为三四",是讲楚国的兵"其所以统之者非其道",以至遭到大失败,等到庄蹻起义,就无法控制楚国,弄得"楚分而为三四"。两处谈到庄蹻,并不是一个意思,似乎不能混为一谈。

(二)这文说庄蹻提出了"乱者能言治"的革命纲领,是根据《论衡·本性》的。《论衡·本性》这段话,是驳陆贾有关人性的理论的,从上下文来看,王充之意,是说性恶者也能做到伪"善"。"故贪者能言廉,乱者能言治",是说"贪者"也能虚伪的"言廉","乱者"也能虚伪地"言治",下文举出跖、蹻为例,是对跖、蹻的诬蔑。似乎不能认为这是庄蹻的革命纲领。

以上两点,关系比较大,提供参考,未必正确。

文中论到庄蹻反复辟斗争的作用和对秦国统一的作用,评论得都很确当。关于庄蹻入滇的时间和路程的考证也都很确当,都很赞同。

杨 宽

1975.7.15①

(1975 年 8 月 17 日)

马曜同志:

您好。汝康同志转来你的来信,已收到。前些日子对大著《庄蹻》一文提意见,是读了大著之后,随笔写成,十分草率。《思想战线》

---

① 《上海复旦大学杨宽同志来信》,《思想战线》1975 年第 5 期。

编辑部既然要求公开发表，事关学术研究，理应同意。当时由于匆促写成，文字上欠考虑。如果作为一封信发表，开头请加"马曜同志"，文中请加"大著庄蹻"一文等字。

　　专复，此致

敬礼

杨　宽

8.17①

----

①　据孔夫子网上照片。

致田汝康(1通)

(1975 年 8 月 17 日)

汝康同志:

　　来函并转来马曜同志来信,都已收到。

　　前些日子对《庄蹻》一文所提意见,看了之后,随笔写成,十分草率。《思想战线》编辑部既要发表,理应同意。已附上给马同志复信,请转致。

　　重机公司工人历史研究小组正在看这篇文字,研究这一问题,可能写出一篇短文章,如果写成,当即转送。请转告。

　　此致

敬礼

杨　宽

8.17①

----

　　①　据孔夫子网上照片。

胡道静致杨宽(1 通)

(1979 年 3 月 11 日)

宽正吾兄:

　　农史会议高度评价您所作对提纲意见,打印了出来分发给参加讨论同志。三月五日讨论时,采纳了您对划分阶段所提具体意见,把春秋同战国划分了开来;对中央集权的封建制时期作了适当的区划。其它意见亦多所采纳。会议组带谢意给您。

　　参观了郑州郊区发掘的新石器时代文化遗址(大河村遗址),有炭化的谷物。据植物所的测定是粟。又在省博物馆库房中参观了新从商城(小地名叫侯郭堆)战国墓坑边发现的轿遗物(高 1.8 米—2.0米),主墓尚未掘出,据推测是孙叔敖墓。

　　九日下午会议结束,四时乘西安起飞班机于晚八时回到上海。因非常烦忙和困倦,到今天还不能前来看望兄嫂,汇报情况,先草草奉报大概。另封寄尊提意见打印本 2 份,华南农学院农史研究室主任梁家勉教授所拟提纲(并未采用,但吸收了他的某些建议),又土壤学专家王云老(今年82岁,亦参加了会议)论稿一份。

　录音机尚无消息,昨问过金元同志。还要等待。敬颂
双福　并向
　　伯老人家请安

弟道静上

1979.3.11①

另附明信片如下:

宽正兄:今年发呈一函,仍有三事忘报:(一)农科院农业遗产研究室(南京)遭四人帮拆散机构,下放人员,已全被摧毁。现在农科院报准农业部重建,将改为所,名称亦将改为农业技术史研究所,所址仍将建于南京。(二)郑州会议一致发起筹设学会(农业技术史学会)。学会成立后,将邀请全国各方面有志农业史学者参加。(三)考古会议(全国性)获闻将于七月间在西安举行。

　　顺颂
双安!

弟道静

1979.3.11 午夜

---

①　胡道静致先生函由上海图书馆中国文化名人手稿馆提供原件复印件,特此致谢!

致曾广亿(1 通)

(1980 年 5 月 10 日)

广亿同志：

　　4 月 29 日来函,敬悉。

　　即蒙查对出《南方日报》60 年 10 月 20 日报导之错误,极为感激。

　　专复,并致

敬礼

杨　宽

80.5.10①

---

　　①　据孔夫子网上照片。

致俞伟超（1 通）

（1981 年 1 月 13 日）

伟超同志：

　　现寄上拙作新版《战国史》一册，敬请指正。

　　考古专业讲义《战国秦汉考古》（上下）、《三国—宋之考古》（上）、《隋唐考古》如尚有保留，乞赐寄一份，至盼。

　　专此，顺颂。

撰安

杨　宽

81.1.13①

---

　　①　据孔夫子网上照片。

致吴泽（1 通）

（1982 年 6 月 16 日）

吴泽同志：

我于十一日回沪，会上制定三个文件已打印出来，想必已寄给您。

关于《吕思勉先生的史学研究》一稿。吕翼仁曾誊清并用复印纸复印一份，昨日到吕翼仁家中，找出复印本，有些字迹不清楚，尚须描绘，刻正由她加工描绘中，我将于 22 日前往取来（乘到复旦上课之便），再于 23 日或 24 日寄给您。不知是否来得及付印？如果急于需要，我处有原稿可以寄给您，但原稿不及誊清稿清楚。如急用，请用电话（375677）通知。如不急，则请待 23 或 24 日寄出。

关于《吕思勉史学论著选集》，刻正由吕翼仁准备中，并拟从旧杂志复印，再加挑选，力求能够代表吕老师著作的精华。顺致

敬礼

杨　宽

82.6.16①

---

① 此函由胡逢祥老师提供原件复印件，特此致谢！

蒋维崧致杨宽（1 通）

(1983 年 1 月 3 日)

杨先生：

　　您好！

　　大函敬悉。十分感谢您在百忙中拨冗及时指点！

　　今寄上尊稿人物五条，请您稍作修饰，备《中外人名词典》之用。请以 180 号格稿撰写，并与原稿一起寄来。另，《中国历史词典》先秦部分尚有些词条待您完稿，抄词目如下：

　　禅让　兄终弟及　方　牧野之战　三监　成康之治

　　宗法制　分封制　共和行政　王霸　葵丘之会

　　泓水之战　城濮之战　邲之战　弭兵之会

　　三家分晋　田氏代齐　战国七雄　商鞅变法　复

　　桂陵之战　围魏救赵　逢泽之会　马陵之战

　　合纵连横　火牛阵　长平之战

又，去年夏天，谈宗英先生命我参考《大百科全书·中国古代史》词目作些选择，分抄各位作者，算是对我们的《中国历史词典》的增补。当时，拟对先秦部分作如下补充：

《国语》《战国策》《竹书纪年》《大事记》

《周纪编略》《战国纵横家书》　不籍千亩

初租禾　户赋

不知是否当□，请您酌定。即颂

撰安！

后学　蒋维崧　1983.1.31①

---

①　蒋维崧致先生函由上海图书馆中国文化名人手稿馆提供原件复印件，特此致谢！

致御手洗胜(1 通)

(**1987 年 3 月 17 日**)

御手洗胜先生史席:

去年十二月十九日大教,承蒙王孝廉教授寄来,因由上海转来,收到较迟,迟覆为歉。

欣悉先生将于一九八八年三月退休,并将出版退官《纪念论文集》作为隆重纪念,承蒙邀约写一论文参与,深感荣幸,自当应命。

承蒙先生对于早年拙作《中国上古史导论》高度评价,认为在学思上山高海深,愧不敢当。四十年来虽然远隔重洋,未曾来往,然而在学术上志同道合,密合无间,这确是万分难能可贵的。我们学术上的成就,将万古长青,我们学术上的隆情厚谊确是山高海深的。

我早已从上海复旦大学退休。一九八四年应美国邀请,来此讲学,目前讲学已告一段落。此间气候温暖,冬季如春,海滨景色尤其优美,而且空气新鲜(因是游览地区不设工厂),正是老年人休养的好地方,西欧各国人来此休养者甚多。因此打算暂住一段时间,一面借此休养,一面抽些时间逐渐修补未完成的稿件,希望生平著作事业能有比较圆满的结果而长流人世间。

便中望多多赐教,敬颂

著安

通讯处 Yang Kuan

6305 Collins Ave.

Lombardy Hotel,Apt.745

Miami Beach,Florida,33741 U.S.A

杨宽敬上

一九八七·三·十七①

---

① 文中先生致御手洗胜、王孝廉函皆由王孝廉老师提供,鹿忆鹿老师帮助复制,特此致谢!

致王孝廉(24 通)

(1987 年 3 月 17 日)

孝廉先生史席：

二月二十日大教，由上海转来，收到较迟，迟覆为歉。

我早已从上海复旦大学退休。一九八四年应美国邀请，来此讲学，目前讲学已结束。此间气候温暖，冬季如春，海滨景色如画，空气新鲜(因是游览区不设工厂)，正是老年人休养的好地方，因此打算暂住一段时间，一面借此休养，一面抽些时间逐渐修补未完成的稿件，希望生平的著作事业能有比较圆满的结果。

欣悉御手洗胜博士将于一九八八年三月退休，并将出版《御手洗胜博士退官纪念论文集》。承蒙邀约写一篇论文参与这一隆重纪念，深感荣幸，自当应命。

御手洗胜博士有关古代神话有系统的大著，承蒙八四年赐寄到上海，当时因急于准备到美国讲学，未及仔细拜读，深为遗憾。顷已嘱上海家中,连同先生惠赐的大著《中国神话诸相》一起寄到此间,以便仔细拜读。

承蒙先生对早年拙作《中国上古史导论》高度加以评价,御手洗胜博士认为"在学思上山高海深",愧不敢当。我们在学术上成为终身知己,我们学术上的友谊确是"山高海深"。

最近正在整理修订《西周史稿》,将在两周史中选取重要题目,写成论文,送呈参与纪念,不知合适否?

便中望多多赐教。敬颂

著安

通讯处:通讯处 Yang Kuan

6305 Collins Ave.

Lombardy Hotel,Apt.745

Miami Beach,Florida,33741 U.S.A

杨宽敬上

一九八七·三·十七

(1987 年 5 月 1 日)

孝廉先生道席:

四月十六日大教,拜悉。

为御手洗胜先生退休纪念的拙作,自当七月十日以前寄送您处。

早年拙作《中国上古史导论》,是初次上大学讲台时匆促写成,当时在广东勤勤大学执教,学校临时迁居广西梧州广西大学的山上,校中藏书极少,草写此稿时,有时仅凭过去读书笔记和记忆,因此引文出处不免有错,引文内容亦难免有误字。后来交上海开明书店收入

《古史辨》第七册,未及一一校正。前几年上海古籍出版社重印,本拟加以校正,因事忙,没有及时做好。原拟写《中国古代神话研究》一书,后来因工作变更,重点在于做好博物馆事业,未再进行。

大驾如能于今年十月来到旧金山,并能前来此间会晤,竭诚欢迎。旧金山在美国西南沿海,迈阿密则在美国东南沿海,从旧金山到此间正好经过美国整个南部,如能会晤,可以畅谈一切,十分欢迎。

敬颂

著安

寄到上海敝寓的大著,不知是航空快件还是慢件,上海敝寓目前无人留守,暂时信件由邻居代收,可能遗失。又及。

杨　宽

1987.5.1

(1989年1月7日)

孝廉教授赐鉴:

许久未通音讯,甚为思念。想必近况佳胜,学术工作与研究想必有很大的进展。

去年秋间先生前往大陆少数民族地区调查神话传说,想必收获甚丰,当时因时间局促,未能通信问候。想必关于少数民族神话传说的研究,将得到丰硕的成果,特此预为祝贺。

去年先生回台期间,曾请托先生向正中书局与商务印书馆代为接洽有关拙作的版税问题,曾费去先生宝贵的精力和时间,极为感激。事后,曾写信给两个书局的经理,说明情况,请求办理。曾先后得到回信,两书局都需要先寄五十多年前所签契约的复印本,此点无法照办,因为大陆上经过历次运动,此种契约当然无法保存到现在。而且据商务印书馆来函,四十年来拙作只印过一千册,为数不多,因此就没有必要再多此一举,此事只能作罢了。

先生前往大陆访问,想必遇到许多同行的学者,了解许多学术界的情况。近年来……物价飞涨,影响到出版工作,今后大陆上学术著作的出版看来将大大减少,将直接影响到学术研究的进展。

便中请多多赐教。御手洗胜教授前请代问候。特此恭贺新春

新的通讯处如下:

Sunshine Towers,Apt.301

1830 Meridian Avenue

Miami Beach,Florida,33139,U.S.A

杨　宽
1989.1.7

(1989 年 6 月 26 日)

孝廉教授道席:

先生五月二十五日大函,敬悉。承蒙拙作二本旧书,与原来出版者接洽,并取得圆满结果,示知两书局地址及总经理姓名,不久当即写信给两处接洽办理。为此先生费去了宝贵的时间和精力,极为感激。

曾见此间中文报纸,据说大陆物价飞涨,近年纸张原料涨价,生产不足,纸张价格暴涨,已造成出版事业的危机。不知这一消息正确否。

多年来不了解台湾出版界的情况,前上一函,拜托先生联系,仅

凭个人的设想，不知可能否？先生在百忙之中，将为此费去宝贵时间与精力。

十分感激您的帮助，专此敬颂

著安

杨　宽

六月二十六日

（1989 年 7 月 21 日）

孝廉教授赐鉴：

许久未通音讯，想必近况佳胜。

自从去年您前往大陆少数民族地区调查神话传说之后，可曾再次前往大陆？上次您来信，说大陆上的问题很多，知识分子的生活和处境都很困难。看来以后的情况将更困难……。最近我对大陆情况了解不多，因为国内的来信，都避免谈及此事。不知先生与国内学者的联系如何？便中请多指教。

最近我迁居新址，新的通讯处如下：

3800 Collins Ave

Apt. ♯ 218

Miami Beach，Florida，33140.U.S.A

专此，敬颂

著安

杨　宽

1989.7.21

（1990 年 5 月 26 日）

孝廉先生：

　　许久未通音讯，很是想念。

　　我最近应西嶋先生之约，正在写一本《自传》，将由他主持译成日文，其中有个问题，想要谈到，请您指教。

　　最近读到刘起釪《顾颉刚先生学述》第 292 页讲到："像日本史学界曾经荡漾过'尧舜禹抹杀论'，那是他们当时作为军国主义者的御用文人别有用心提出的，怀有'墟人家国'的隐衷，与科学研究不可同日而语。"吾在《中国上古史导论》中，曾列举白鸟库吉这方面的主张，作为科学研究而提出的，我所读白鸟库吉的著作很少，请您指教，对这一问题，应该如何加以辨白。刘起釪是顾颉刚晚年所作《尚书》研究的助手。他的著作是前两年寄来的，我未细读。今日翻到，感到他这样的说法，究竟有什么确实根据？这是需要明辨的。必须把"学者"与"御用文人"作出严格区别。因为我所读日本学者的书不多，请您指教。

　　专此，敬颂

著安

杨　宽
1990.5.26

（1992 年 5 月 22 日）

孝廉先生：

　　许久未通音讯，甚为悬念。

　　顷接大教，十分高兴。拙作《自传》已全部写成，全书共十章，约二十五万字。书名拟是《历史激流中动荡的曲折的经历》。承蒙台北时报出版公司愿意出版，这是先生大力推荐的结果。稿件复印本想即航邮寄给您，请惠示邮寄稿件确切地址，当即寄上。并请指教。

来信读及上海博物馆的事，下次先生如有雅兴前去参观，当即写信推荐，想必乐于热忱招待参观。最近上海出版《上海七百年》一书，其中谈到我创建上海博物馆工作的事，说明至今尚未忘记我。

专复，顺颂

著安

杨　宽

1992.5.22

（1992 年 6 月 29 日）

孝廉先生有道：

6 月 14 日大教，敬悉。

承蒙先生与吴继文先生已接洽好出版拙作《自传》的事，非常感激，已遵嘱将全部复印稿于本月 27 日作航空邮件寄给继文先生。先生所提修改书名意见极好，已照尊意改定为《历史激流中的动荡和曲折——杨宽自传》。

此稿为我晚年用力之作，根据我一生的切身经历分析了这个历史激流过程中惨痛而深刻的历史教训。相信在先生与继文先生的大力主持下，此书定能成为一部装潢印刷精美而流行的读物。

便中尚望多多指教，即颂

道安

杨　宽

1992.6.29

（1993 年 9 月 23 日）

孝廉先生尊鉴：

　　许久未通音讯，时在念中，想必近况佳胜。

　　拙作《自传》中文版，承蒙先生爱护，推荐给时报出版，吴继文先生精心为之付排，六月中旬即寄来校样，六月底已校毕寄回。据校对先生平信，预定于七月出版。不知何故，延搁下来，至今未有回音。吴继文先生上次曾来信，谈及他到日本，曾见御手洗胜先生，谈及拙作《自传》之中文本与日文译本皆将于本年出版。御手洗胜先生极为高兴，正等待出版阅读。但最近吴先生未有信来，最近曾寄至时报一信，亦未见答复，想必先生与吴先生经常有联系，可能他因公出差，不在出版公司。不知有消息否？

　　拙作《自传》日文译本已由我的一位日本留学生全部译成，因东京大学希望加上译注，译者又费时加了译注，因而拖延时间较长。最近正由西嶋定生教授在审定之中。据东京大学有关方面审阅译稿后，评价很高。原拟今年年内出版，不知能及时出版否？因为目前还有人希望增加译注，因为其中谈及的事，有些日本读者不容易了解，但又感到译注太多，篇幅太多，也不合适。总之，正在努力争取快速出版中。

　　目前我正在编写一部过去未完成的旧作。

　　专此，敬颂

著安

杨　宽

1993.9.23

（1993 年 10 月 4 日）

孝廉教授赐鉴：

前几天寄上一函，因时报出版公司无消息，曾向先生请教。

顷接时报出版公司，寄来初版两千册版税二千一百卅三元支票，说明该书已经出版，待接到寄来新书时，当即奉上请指教。

承蒙爱护关心，极为感激。

专此，敬颂

著安

杨　宽

1993.10.4

（1994 年 12 月 8 日）

孝廉教授道席：

许久没通音讯，想必今年前往长春调查民间传说，收获必丰。近年这方面的研究工作正蓬勃发展，估计这门学问的发展，前途正未可限量，前程十分远大。

最近收到上海人民出版社来信，寄来一张"合同"性质的"委托书"，希望我签订。声称台湾一家出版社，要在台湾出版原来上海出版的一些著作，印所谓"繁体字本"发行，包括我的《战国史》一书在内。我已退回这张空白的"合同"兼"委托书"。我说：此书 1980 年所印第二版，至今已有十五年，需要补订改编，重出新版，将由我自己交台湾的出版社发行，不必再经上海的出版社代表我签订合同。但来信与所附委托书上都没有写明是台湾哪一家出版社，因为他们想加以垄断。

　　我在前信谈到，我正在补充修订旧作《战国史料编年辑证》一书。此书从二十多岁时，即开始编著，因为内容紊乱繁复，长期未能定稿，只用作自己著作《战国史》一书之资料汇编。如今加以统一定稿，并将近三十年来新发现之史料编入，更作较为精细之考证，估计出版之后，将成为治战国史必读之书。此书按年所编史料，上继《春秋》《左传》，下讫秦之统一，共二百四十多年，附有编年之考证，并有关于史料真伪之考订，纠正了《资治通鉴》以来所有这方面著作之错误。可以说，此乃继《春秋》《左传》之后一本研究"战国史"的"经典"著作，将有传世之史料价值。目前我正在进一步依据此书，修订《战国史》，使《战国史》作为最后一种"定本"而出版，称为"增定本"的《战国史》。

　　上海人民出版社出版我的《战国史》，先后印两版，共印刷十多次，共出平装本四万多册，精装本一万多册。平装本最后一次印刷是1980 年 7 月，印数已达"40 500"册。闻香港有三家小书店印"盗版"不知印多少册。我在 1980 年第二版印出后，未再与上海人民出版社签订合同，他们无权再印。我想，此书为我几十年来用力之作，亦是印数最多之作，最后出一本"增定本"是十分必要的。

　　我希望能在台湾出版定本《战国史》，同时出版这部规模较大的《战国史料编年辑证》，使两书相辅而发行，估计《战国史》销路不会小的（因为十多年来未重印），此书原来已发行很广，学术界普遍知道此书。《战国史料编年辑证》一书销路当然不及《战国史》，但有研究价值，有永久使用之价值。我恳请您向台湾出版界探听和推荐，希望有一家较大的出版社能够出版这两书，这是我晚年所想完成的一件大事。多谢您对我所作的帮助。

我原有编辑出版我全部学术论文全集的计划,总共大约有一百七八十篇长短的文章,但目前尚无暇及此。

我的《自传》日文译本,因为"译注",再加上"东京大学出版会"郑重其事,到目前,第一次校样刚印出来。最近翻译此书的我的日本学生(现任山口大学教授)到上海"我的家乡"去拍摄照片,以便作日本译本的插图,他为此专程到了上海去一个星期。看来日本译本要比中文本厚一些了。待出版,我将请我的学生直接寄给您。请您指正。专此,敬颂

冬安　恭贺新年

杨　宽

1994.12.8

(1995 年 3 月 4 日)

孝廉教授:

去年冬天,承蒙马昌仪教授寄赠的《选粹》早已收到。看了之后十分高兴,这是一本继往开来的选集。去年十一月间,又承蒙她来信(我早回复信给她),告知有关这门学科的发展情况,并且告知今年四月台北将召开一次中国神话传说研讨会,大陆将有不少学者前往参加,您亦前往。我很高兴,这门学科,看来随着形势曲折的发展,将要蓬勃地兴旺起来。我久不写这方面的文章,对这方面久已生疏,现在兴来,写成了《秦诅楚文所表演的诅和巫术》一文,先将文稿寄给您,请您指教,请看看此中有什么不妥地方否? 我想把这样文章,投寄历史考古方面刊物发表可能作用不大。如果台湾有论文集或者杂志适合发表的,请转交给他们发表。如果台湾不合适发表,我想请在会上

交给马昌仪教授带往大陆发表,请代为作主。

我上次拜托您的事,承蒙请托吴继文先生,并将信转交给他,他于 1 月 12 日已有信来,说《战国史》出版没有问题,定稿后寄去,即可安排出版,至于《战国史料编年辑证》一稿要提供进一步资料,尤其是字数。我已寄去《序言》与《编著凡例》。我所说的"总字数"是"七十万字",这是我初步估计的,因为前后所用稿纸不同,原来是没有用印好稿纸,而是写在白纸上,字比较大,可能实际数字,不过五十到六十万。我想您在会上会见到吴继文先生,我很希望《战国史》和《辑证》由一个出版社出版,如果"时报"能将书先后出版再好也没有了,这是我所希望的。如果"时报"出版《辑证》有困难,不知台湾别的出版社能够出版否,如"联经"等。我因为不熟悉台北出版界,请您多多帮助接洽。上海的"人民"、"古籍"两家出版社是欢迎出版的,但是《战国史》,我已回绝,《辑证》也不便交他们出版。因此希望都能在台北出版,如果"时报"有困难,"联经"方面是否可能?《辑证》一书是我十分用力之作,在学术上具有重要的价值的,不同一般的资料书,此中有许多重要的考证,解决许多历史上的重要问题。

请便中向吴继文先生问候与商讨,会议上请代向马昌仪教授问候。

专此,敬颂

撰安

杨　宽

1995.3.4

（1995 年 5 月 24 日）

孝廉教授道席：

　　前曾寄上一函，想已奉达左右。同时曾寄上拙作《中国都城的起源和发展》日文译本一册，敬请指正。

　　在上次寄出信以后不久，即收到《御手洗先生退官纪念论文集》，在先生的组织和主编之下，这本论文集集合中日两国学者的论文，用中文在台湾出版，确是一个创举，正如先生《后记》中所说："无论在日本或者在中国，这都是第一次。"我想大陆的许多学者的文章在台湾出版的论文集中发表，同样都是第一次，只有在当前的时机，由于先生的主持，才有可能如此盛举。以这样的盛举用作御手洗先生退官的纪念，是很堂皇的。这部论文集无论在内容上与形式上，都很堂皇，在台湾出版发行，必受欢迎。而且印刷纸张、铅字以及设计装订，都属上乘，寄往大陆，可以对大陆的学术界与出版界起促进作用。

　　由此引起我的联想。近年我在日本出了两本著作的日文译本，一本论陵寝制度，一本论都城制度（即最近送呈者）。《陵寝制度》的中文本，已在上海出版，不知这两书的中文本是否台湾能够出版。如作些补充或修订，是否可合适。我近年在写《西周史稿》一书，此次发表的《论周武王克商》即是其中一部分，全书写出还需一段时间，如果今后台湾适合出版，亦是好事。因为四十年隔断，我在台湾没有熟人，我想请托先生代为询问。覆御手洗先生一信，敬请转寄。

　　敬颂

道安

杨　宽

五月二十四日

(1995 年 12 月 13 日)

孝廉教授赐鉴：

　　许久未通音讯,想必已经回到本校。先生长期到各地探访民间神话传说,收获必丰,将大有助这方面研究的发展,十分敬佩先生勤于这方面所作的努力。

　　拙作《自传》的日文译本,因东京大学要求高,译者费力较多,到今年九月才出版。高兴的是,此书排版、印刷、装璜,据说在日本都是第一流的。只是定价太高,作为学术著作出版的,印数不多,只印了一千五百册。

　　去年十一月承蒙马昌仪教授寄来主编神话论文选集两巨册,并寄来一封很友谊的信,对这方面的研究充满着光明前途的信心,精神极为可佩。又蒙先生与马教授讲到顾颉刚先生女儿读了我的《自传》的感触,真如许多日本学者所说的此书将得到许多专家学者的"共鸣"。我的《自传》,对过去文化学术界的"风风雨雨",作了真实的叙述和认真的评论,希望由此吸取历史教训,将有"雨过天晴"的好景来到。当时十分高兴,以为"雨过天晴"即将来到,因而写了一篇《论秦诅楚文》的文章,请您转交给她。看来,虽然"雨过",而"天"尚未全"晴",我请转交一篇文章,反而引起了一些麻烦。本来我想把我《自传》的日本译本请寄送一册给顾先生女儿留作纪念的,后来考虑到,怕反而引起麻烦,就决定不寄了。具体情况不了解,如果由于我请您转交一篇文章而引起什么麻烦,烦请便中代我表示歉意。

　　关于古神话方面,有许多文章值得写[例如一九四二年长沙楚墓所出土的《楚帛书》(或称《缯书》)上二段文字所谓的创世神话],很希望这方面的研究能够活跃起来。目前无暇及此,随手写来,很是草率。

恭贺

新禧

杨宽敬上

1995.12.13

（1996 年 4 月 3 日）

孝廉教授：

拙作《论秦诅楚文》,承蒙带往北京发表,很是感激,现寄上复印本一份,敬请指正。

上次我读到长沙子弹库出土的《楚帛书》,中间"八行"一段,近人都误解为"宇宙论"的哲学思想,其实这是原始的创世纪神话。是讲伏羲和祝融开天辟地的神话。近人分"八行"为"三段"（或三章）,其实只有两段,第三段实际上是和第二段连接的。第一段讲原来混沌一团,经伏羲疏通,使得"朱（殊）又（有）日月,四神相弋（代）,乃步以为岁,是惟四时"。是讲伏羲使得日月分明,并使"四神"主管"四时"的运转。第二段讲千百年之后,日月又混,九州不平,四时又乱,于是炎帝命祝融,使"四神"重新奠定"三天"与"四极","为日月之行"。所谓第三段,"共攻□步十日、四时……有宵有朝,有昼有夕","共攻"是说四神共同工作,使得十日、四时运转,于是有朝夕。近人把"共攻"解释"共工"是错误的。

我在《中国上古史导论》中早已指出,《尚书·吕刑》所说上帝命重黎（即祝融）"绝地天通",即开天辟地。《山海经·大荒西经》日月山,"帝令重献上天,令黎邛下地……以行日月星辰之行次",就是《楚

帛书》所说祝融使四神"为日月之行"(《古史辨》第七册 314—315
页),"烛龙"的开天辟地,确是从祝融变来的。

我希望您仔细再研究一下,写成一篇很出色的论文,希望能搜集
世界上各民族太阳神开天辟地的神话加以比较,定能大有发现。

我原来想写论文,因为忙于修订《战国史》一书,无暇及此。

杨　宽

1996.4.3

(1996 年 5 月 4 日)

孝廉教授:

4 月 20 日来信收到。得知正当您的学生们在作伏羲皇帝传说的
研究,并准备写论文,很是高兴。

伏羲过去闻一多所写考证,没有解决问题。近人解释子弹库所
出土《楚帛书》,以为所讲是"古史与宇宙论",也不清楚。这是很明显
的楚人的"创世"神话。同时马王堆汉初墓中出土帛书,有《易经》与
《易·系辞传》以及楚人缪和、昭力有关《易》的问答,也值得注意。可
知《易·系辞传》当是战国时代的著作,此中讲到包牺氏当"以佃以
渔"、"结绳而治"的时代,"始作八卦,以通神明之德,以类万物之情"。
看来这是儒家《易》的传授,流传到楚国时,由楚的经师所增补。《史
记·仲尼弟子列传》讲,孔子传易给鲁人商瞿,瞿又传楚人馯臂,馯臂
是《易》在楚传授的重要人物,馯臂同时又是孔子大弟子子夏的门人。
孔子标榜"圣"为最高道德,希望"圣人"出世,慨叹"凤鸟不至,河不出
图,吾已矣夫"。《孔子三朝记》(《汉书·艺文志》论语类著录,今存于
《大戴礼》中)的《诰志篇》讲到"物备兴而时用常节,曰圣人","圣人嗣

则治","洛出服(当读作'符'),河出图"……而《易·系辞传》更进一步,说"河出图,洛出书,圣人则之"。又说:"备物致用,立成器以利天,莫大于圣人"。以为包牺正在渔猎生活,结绳而治的时代,"始作八卦,以通神明之德……"当是楚国经师在传授儒家《易经》时增加的,他们把伏羲、神农、黄帝的"神谱",改变成儒家"圣人"的"道统"。《孟子》末章讲到儒家"圣人"的"道经",自尧、舜、禹、汤至文王,又到孔子以来。而《易·系辞传》,又在尧舜之前,增加伏羲、神农、黄帝三个"圣人"。荀子是战国末年的儒家,经常住在楚国,荀子晚年在楚著作的《成相篇》(此中讲到春申君),宣传儒家的政治主张,此书中的结论就是"文武之道同伏羲,由也者治,不由者乱"。荀子晚年治《易》,需引用《易传》(见《大略篇》,如"《易》之咸",《荀子·非相篇》,又引坤卦六四爻辞),他已把伏羲看作文王、武王以前的"圣人",看来,伏羲由于战国时代楚国儒家拉来作为第一个"圣人",因而广泛传播到中原地区的。以上是一些推想,以供参考。

关于黄帝传说的盛行,政治上固然由于"田氏代齐",而学术思想界的传播,看来由于当时几个重要学派要拉黄帝作为他们的"圣人"。不仅是稷下的学者,如流传于齐、楚、三晋的"黄老学派"就是以黄帝为其始祖的。马王堆出土帛书中有《黄帝》四篇。同时儒家也拉黄帝作圣人,《易·系辞传》说"黄帝垂衣裳而天下治",就是讲黄帝无为而治,这和黄老派是相同的。同时儒家又宣传黄帝大有作为的许多重要东西都出于黄帝制作。《孔子三朝记·虞戴德篇》就认为学习虞夏商周四代还不够,还得采用"黄帝之制"。阴阳五行家中也推崇黄帝,以为黄帝是五帝之首位,以"黄帝"与"后土"相配(见《月令》)。同时讲"术数"与"方技"的,也以黄帝为其始祖,例如医学上最早的著作

《素问》(《内经》)即以为黄帝所传授。甚至方士用以讲神仙,秦汉之际方士也认为黄帝是登仙上天的。为什么黄帝如此广泛地被看做各学派学者的祖师,值得注意。

以上想到一些问题,希望能加以阐释,可能对神话传说的研究有帮助。

关于《论诅楚文》的稿费,早已由上海的亲戚代为收到。稿费的情况,大陆上都如此。我只希望能在适当的杂志上发表文章,稿费是无所谓的。最近写了《论穆天子传》一文,已寄往上海,尚不知何时能刊出,待刊出后,当即送请指教。

去年圣诞节,曾寄贺年片给时报出版公司的吴继文先生,由廖立文主编和编辑李濰美两位代为回信的,说吴继文先生已离开。不知吴先生调到什么地方而另有高就了,便中请示知为盼。以上写的很草率。

专此,敬颂

道安

杨宽敬上

96.5.4

(1996 年 6 月 25 日)

孝廉教授赐鉴:

十五日大函和两篇文稿,都已拜读,写的非常出色。现在我提出一些粗浅的看法,请指教,供参考。

黄老之学在齐源流很长,不仅适应田齐代姜齐的政治需要,而且适应了齐威王、宣王谋求强大而兼并天下的需要。据《乐毅列传》末段及太史公曰,黄老之学,流传于齐、赵之间,从河上丈人经安期生、毛翕公、乐瑕公、乐臣公（一作巨公）到汉初盖公，已有五代之久。乐臣公已是战国末年人，从河上丈人以来已有四代，平均每代三十年，已有一百二十年，可知自河上丈人到安期生大约在齐威王时。值得注意的是这个安期生。《史记·封禅书》称"自威、宣、燕昭使人入海求蓬莱"等神山，著名方士有安期生，后来汉武帝时，李少君自称炼成黄金以为饮食器，可以益寿，自称见到蓬莱安期生，而且"见之以封禅则不死，黄帝是也"。这是值得探究的。这个安期生可能就是传黄老之学的安期生，因为时代相当，同样以黄帝作为祖师。大著手稿中讲到黄帝见于《竹书纪年》，不确。《抱朴子》（《意林》等书所引）引有《汲冢书》云："黄帝仙去……"，《汲冢书》不必是《竹书纪年》，参看方诗铭等《古本竹书纪年辑证》，黄帝最早见于《左传》和《国语》。

　　黄老之学，起源于老子，但政治主张根本不同，实质上是对老子之学作了改造，用以适应当时田齐政治上的需要。我认为，这点比较重要。《汉书·艺文志》谓"道家者流，盖出于史官，历记成败存亡祸福古今之'道'，然后知秉要执本，清虚以自守，卑弱以自恃，此君人两面之'术'也"。道家确是总结了春秋、战国之际各国成败兴亡的经验，归纳成"天之道"，用作争取斗争胜利之"术"的。当吴王夫差伐齐时，伍子胥进谏，吴王不听，赐他自杀，伍子胥临终说："吴其亡乎！……盈必毁，天之道也。"（见《左传》哀公十一年）越王勾践伐吴，范蠡多次进谏，请按"天道"，认为"必顺天道"，勾践失败，听从范蠡，委曲求全，等待时机，结果成功，"无过天极"（《国语·越语》）。老子之学就是由此而来，认为物极必反，盛极必衰，过分强大要走向反面而失败，因而主张防止自己由盛而衰，而要促使敌人由盛而衰败，主张以柔弱胜刚强。老子反对"法治"，认为"法令滋彰"反而"盗

贼多有"。反对"礼治"，以为"礼"是大乱的祸首。反对"尚贤"，以为
"不尚贤使民不争"。反对战争，认为"兵者不祥之器"，主张"小国寡
民"，"无为而治"。

黄老之学，对于老子采取了他的争取斗争胜利之"术"，同时改造
了《老子》的正确主张。长沙马王堆出土帛书，在《老子》一书的前面，
载有《经法》等《黄帝四书》，说明他们以为《黄帝四书》的重要性高于
《老子》。此中政治主张根本不同于《老子》，并且把老子"虚静"的原
则作了改造。主张一切依据"法"治理，用考核"形名"的方法，依据法
定的"名"去考核臣下所有行为的"形"，用来判断臣下的"顺逆"，以巩
固统治，要做到"是非有分，以法断之，虚静以待，以法为学"（《经法·
名理篇》），"君臣不失其立（位），士不失其处，任能毋过其所长"（《经
法·四度篇》）。这就是后来申不害和韩非所讲的"术"，也就是《史
记》所说申不害之学"本于黄老而主形名"，韩非"善形名法术之学而
归本于黄老"，也就是《管子·明法解》所说的"术数"。黄老之学更要
求做到"地广人众，兵强，天下无敌"，从而达到统一天下（所谓"王天
下"）的目的（《经法·六分篇》）。

但是田齐实际上未能按照黄老之学去做而达到"王天下"的目
的，到齐湣王时，在齐、秦、赵三强鼎立而相互斗争中，相互争夺宋国
土地，齐连年攻宋而将宋灭亡，结果引发五国合纵攻齐，于是燕将乐
毅乘机攻破齐国，此后田单虽然使齐复国，从此齐就一蹶不振了。这
就是谋求过分强大，走向反面而失败的，也就是没有按黄老之学而所
得的结果。后来秦也因过于快速谋求强大而崩溃的。因此，黄老之
学更为人们重视，汉初之所以重视黄老，讲究休养生息，即由这个历
史教训而来的。

《穆天子传》一书，我认为真实的。这是战国初期魏国史官依据河宗氏口头流传所讲的祖先伯夭引导周穆王西游河源的传说。周穆王之西行，当如秦惠文王更元五年"王北游戎地至河上"（《史记·六国表》）相同。"游戎地至河上"，当由一些戎族首领引导保护送行的，河宗伯夭即是其中一人。河宗氏这个"貉族"游牧部族，当时还存在。《赵世家》记载赵襄子所得天使"丹书"，预言此后"亢王"（武灵王）"奄有河宗，至于休溷诸貉"，所谓"休溷诸貉"就是指九原、云中一带，"九"与"休"、"溷"与"云"古音同，可通。河宗氏是被赵武灵王所灭而占有的。正因为这是依据河宗氏祖先传说，此中所述及人物都是真实的。如穆王大臣毛班，不见于先秦古书，见于周穆王时的铜器班簋铭文（近年考释班簋铭文者，都信《穆天子传》为真实的）。又如周朝开国之君大王亶父，《史记》误作"古公亶父"是由于误解《诗经·大雅》"古公亶父"而来（崔述有考证），而《穆天子传》正作大王亶父。河宗氏自称河伯后裔，有关于河伯的神话，是可以理解的。我已写成《〈穆天子传〉真实来历的探讨》一文，送往上海。

吴继文先生，如得到通讯地址，希望能告我，以便问候。

敬颂

撰安

杨　宽

1996.6.25

（1996 年 10 月 2 日）

孝廉教授赐鉴：

许久未通音讯，时在念中。想必已从大陆访问回府，采访所得资料想必很是丰富。

许久以前,上海的出版社来信,要求授权给他们与台北的出版社签约,将拙作《战国史》在台北出繁体字本。我因此书是十多年前出版的,发行量较多而对学术界影响较大,要出新版必须重新补订,未即同意。为此决定作全面的补充修改,拟作为新的"增定本"出版。承蒙先生大力帮助,介绍给"时报文化"出版,蒙吴继文先生许允,待补订稿即可付印。因为想要把多年来从事这方面的研究成果纳进去,费时费力较多,到最近才补订定稿。原来此书第二版四十二万多字,今扩充为五十万字左右。

原想免得再麻烦先生,因为吴继文先生已离开"时报文化",七月间,曾直接写信给"主编"廖立文先生,请问是否仍然可以接受此稿而立即付印。因无回信,改用电话联系,据"责任编辑"李潍美小姐答复,廖先生亦已离开,改由一位姓吴(何?)的先生主持,将考虑答复。后再次电话联系,据说最近总编辑亦已调换,未能得到确定答复。看来由于人事新变动,一时不便作出决定。

既然"时报文化"编辑改组,为此特别恳请先生与"时报文化"新的编辑领导协商拙作《战国史》(增定本)的出版事宜。我很希望此书仍由"时报文化"出版。拙作《自传》中文本承蒙先生大力介绍,由"时报"出版。"时报文化"是台北的大出版社,发行面广阔,印刷很精美。现在拙作《自传》译成日文,由日本东京大学出版,印刷装璜同样精美,正是彼此相得益彰。拙作《战国史》(增定本)经此全面补充修订,更加适合在台北出版。因为战国时代具有合纵连横和兼并战争复杂变化的特点,此次补充修订,特别对这方面作了较详的描写,并且新绘了九张重要战争的示意地图相配合,因而此书第八章"合纵连横和兼并战争的变化"成为书中最长的一章。又因为这时是个"百家争鸣"思潮蓬勃发展的时期,因而对主要各学派的见解作了较详叙述和分析。第十章"战国时代的百家争鸣"也已写得有声有色,与一般思想史叙述不同。

如果"时报文化"因新的人事安排,需要迟一些再作决定,等一些时间亦无妨。如果"时报文化"不能出版,想仰仗钧力,请代为作主,商请台北其他出版社出版。回顾这本《战国史》第二版一九八〇年在上海出版,先后印刷共十次,平装本印八次共四万七千多册,精装本印两次共一万册,先后共印五万七千多册,这在学术著作中是算畅销书了。上海的出版社要我授权给他们与台北的出版社签约出繁体字本,大概估计有一定的销售量。如果这本《战国史》(增定本)只在台北印行,不再在大陆印行,虽然台北的书价亦高出大陆许多,看来在大陆也还有一定的销售量,因为曾读过我《战国史》的读者是不少的,会对此关心的。

估计上海出版社要我签字授权给他们与台北一家出版社签约出繁体字本,已经曾接洽的。接洽的对象大概是"联经",因此"联经"看来不可能直接接受出版此书的,因为"联经"要照顾与上海出版社的合作关系的。在这点来看,看来此书由"时报文化"出版是最合适的。当然别的台北出版社,如能接受付印,也是可以的。请多费神,十分麻烦,非常感谢。

专此奉恳,敬颂

撰安

杨宽敬上

一九九六·一〇·二

（1997 年 1 月 1 日）

孝廉教授：

12 月 18 日大函，敬悉。承蒙对拙作《论楚帛书》一文赞许，又蒙即寄快件，又打电话，请托马昌仪教授付印发表，请向马教授敬致谢意。很希望此文发表，能推动这方面研究的进展。多年来国内对神话学的发表，有一种阻力。我们尚须多作努力，才能促使这门学科得以成长。

先生的博士生论文，我以为还写的不够充分。我很欢迎提出不同的商讨，因为此有助于研究的开展。"皇"原来确为形容词，原来"皇帝"作为"上帝"之称，犹如称"皇天"，原来"皇"作为"帝"的形容词，西周文献中既有称"皇帝"指上帝者（《尚书·吕刑》），又有"有皇上帝"（《小雅·正月》）、"皇矣上帝"（《大雅·皇矣》）、"皇皇后帝"（《鲁颂·閟宫》），可知"皇"原为"帝"之形容词。"皇帝"作为"上帝"之称，不仅见于《书经》《诗经》，而且见于金文。"皇帝"作为"上帝"之称，西周已有。而皇帝传说最早见于《左传》《国语》，可能《春秋》已有，我们说"黄帝"出于"皇帝"，在时代上没有错误。"黄"与"皇"确是不同意义的两个字，古文献中因音同而通假，这是古人的常例。至于秦襄公之祀白帝而不祀黄帝，因秦处西陲，史有明文。至于《月令》与《吕氏春秋·十二纪》以"黄帝后土"列于季夏纪之末尾，即介于夏季、秋季之间，这是因为他们以五行、五方、五帝、五神与四季相配合，有其特殊原因。看来此文的论证尚不足以推倒"黄帝"出于"皇帝"之说，有待作进一步分析批判，我很希望有新的见解发表。

关于拙作《战国史》在台北出版的事，前蒙先生大力推荐，吴继文先生特为赞许。现在由吴继文先生的离开"时报文化",目前与"时报文化"已失去联系。同时原本的"主编"廖立文亦已离开,"时报文化"编辑部新的领导似乎不理解此事。此书原由"上海人民"出版,在大陆销行较广,第二版(一九八〇)曾印五万七千册(此中精装本有一万册),"上海人民"于往年要求我授权该出版社,由他们社长与台北一家出版社签约,在台北出"繁体字"本。我因要作全面修订出新版,未即同意,并表示将直接交台北出版社印行。因此再交"上海人民"出新版并由"上海人民"代与台北出版社签约,也不合适了。我与台北的出版界不熟悉,为此想麻烦先生,请特为推荐,"时报文化"能出版最好,如"时报文化"不能出版,别的台北出版社能出亦好,这是我平生用力之作,很想了结此事,以便得暇再钻研一下古神话,希望有助于古神话研究的发展,看来这方面还大有可为。

新年来到,敬祝

新年快乐　身体健康

杨宽敬上

一九九七年元旦

近年因年龄关系,视力衰退,看小字感到吃力,为此希望《战国史》能早日付印,而亲自校阅,因而想麻烦先生。

此事希望多为留意,设法时间迟些必可以。

(1997 年 2 月 9 日)

孝廉教授:

一月三十一日大函,收到,多蒙帮助,很是感激。

没有料到,近年大陆对繁体字文稿已不便发排。我因来此已多年，写简体字有些荒疏了，其实也还可以写。承蒙将拙文用快件寄给马昌仪教授，多蒙马教授帮助，请人代抄和校对，十分费时费精力，请向马教授多多道谢，抄写费用希望将来从稿费中优付给抄写者。上月我从此间中文报纸（纽约出版）见到陕西新出土汉代画像砖，上有"春神句芒"握着日轮，"秋神蓐收"捧着月轮，看来这是依据四季之神的创世神话的。这是表示他们在创世工程中主持着"日月之行"。《山海经·西次三经》说蓐收之神在"日月所入"的日月山，用"红光"掌管着"日之所入"，看来四季之神就是用"红光"指挥日月的运行的。为此我写了一篇六百字的《追论》用"航空特快"寄给马昌仪教授，希望能及时赶上附刊于文末。

钟宗宪先生要在其大作后，附刊我的回答，当然是同意的。我对此现有一个新看法，是从《楚帛书》引起的。《楚帛书》所载四方之神的"创世"神话，四方之神是以青、朱、黄、黑四色相配的，有所谓"青□榦"、"朱□兽"、"翏黄难（难读作能）"、"□墨（黑）榦"，同时又有炎帝命令祝融使四方之神下降来完成创世工程（所谓"奠三天""奠四极"）的。因为这是楚神话。中原的神话该是"黄帝"命令后土来使四方之神完成的。中原神话当以青、赤、黄、白、黑，配合东、南、中、西、北五方。如同《月令》所说，"黄帝"可能因中央地区黄色而得名。请便中转告。

关于《战国史》增定本出版的事，我以前没有说明白，《战国史》原是我的旧作，1980 年"上海人民"出版修订第二版。去年"上海人民"要求授权给他们交给台北一家出版社出繁体字本，我因要补充修改，又因不知交给台北出版社，未表同意。我希望台北有大出版社能出繁体字本，承蒙推荐"时报文化"，又蒙吴继文先生许诺。我因增定本未完成，未即进行，现在增定本刚完成，最近"上海人民"又寄来公文，据称韩国出版社要求出版《战国史》朝鲜文本,征求我同意,我已回信同意用增定本译成朝鲜文出版,关于这方面正在进行中。

敬祝

新年健康

杨宽敬上

1997.2.9

(1997 年 5 月 1 日)

孝廉教授有道:

2 月 22 日来信,承蒙介绍钟宗宪先生地址、电话等,对于拙著的出版的事,极为关心与帮助,很是感激。我因为接到吴继文先生从台北打来的电话,希望我寄到他的地方,已将《战国史》(增定本)的复印稿寄给吴继文先生。

吴继文先生在电话中讲到,我给先生的新信,都附给了他,现在郝明义先生出任台北商务印书馆的总经理兼总编辑,吴继文先生任副总编辑,将于五月中旬,前往大陆,并将到上海博物馆参观等等,想要见上海博物馆馆长,我已写信给马承源馆长,并已写介绍信给吴继文先生,以便见到马馆长。马馆长当然会热忱接待。

承蒙请托吴继文先生办理拙著在台北出繁体字本的事,吴继文先生非常热忱,既打电话,又有来信,我已将《战国史》(增定本)稿寄给他,同时他又热忱许诺继续出版我的《战国史料编年辑证》(约七十万字)和《西周史稿》以及《论文集》,这些稿件我正在陆续复印中,待复印完成,亦将陆续寄给吴先生。这样拙著都可以在上海出简体字本,同时在台北出版繁体字本。这都是先生热忱关心帮助的结果,很是感激。

目前我要做的，是一个总结工作，也是个结尾工作。

敬颂

道安

杨　宽

1997.5.1

（1997 年 6 月 16 日）

孝廉教授赐鉴：

承蒙关心我著作的出版，得大力推荐，又蒙吴继文先生主持出版工作，为此特别努力，使拙作能够迅速地在台北商务印书馆出版，非常感激。

接吴继文先生从台北府上打来电话（美国时间上午十一时），真是喜出望外，拙作《战国史》（增定本）将于十月出版，拙作《战国史料编年辑证》将于明年五月出版，其工作的认真负责，进行极其迅速，这是先生大力推荐和吴先生特别努力的结果。并蒙许允，拙作《西周史稿》与《论文集》将继续出版，《西周史稿》将于下星期寄往台北。

我这些著作能如此迅速在台北出版，正当商务印书馆创立一百周年纪念，感到很是荣幸。上海出版虽然早已签订合同出简体字本，工作进行甚慢，据说《战国史》将于明年才能出版，将落后许多日子了。看来这些著作的台北版，必将先在大陆流行，让大陆学者先读到台北版。

敬颂

撰安

杨　宽

1997.6.16

（1997 年 10 月）

孝廉教授：

便中请带向马昌仪教授道谢。

拙作《楚帛书的四季神像及其创世神话》一文，承蒙推荐，并请马昌仪教授主持发表，已经刊出，很是感激，敬请指正。

承蒙关心所有著作的出版，承蒙吴继文先生关照，《战国史》（增定本）一书，即将出版，已请吴先生从台北就近直接寄送尊处，请求指正。这部分有七百多页，能够如此迅速出版，这是吴先生特别重视的结果，非常感激。上海方面，此书的简体字本，正作"急件"付印，不久亦将出版。另有《战国史料编年辑证》一书，作为写作《战国史》依据的，篇幅较《战国史》要多得多，据说台北与上海也都已付印。关于这方面的研究从此可以告一段落，我想由此可以推动这方面研究的进一步发展。

接着，正在继续补充修订《西周史稿》一书，这又是一项草创工作，亦已约定，待定稿后送请两地出版两种版本。估计《战国史》将发行量较多的（《战国史》第二版 1980 年在大陆出版，先后印行五万多册），《西周史稿》不可能发行多的，因为此中引用"金文"较多，不是一般读者所能消化，因而印刷也较麻烦。

托天之福，年龄虽高，还是健康而能写作。估计所有这些著作都能完工，还将编成《先秦史论文集》，亦已约定出版，所作《论楚帛书》等文都将收入。

承蒙关心，并推荐出版，极为感激，敬祝

撰安

杨宽敬上

1997.10

（1999 年 10 月 12 日）

孝廉教授：

　　许久未通讯，甚为悬念。想必调查研究工作大有进展，很希望看到新著出版。

　　我们要向您报告的，就是台中南投七点三级大地震，我们的好友吴继文先生住在台北，受到四级地震，安全无恙，但是他的双亲在故乡台中，房子受到损失。他的双亲和妹妹在大地震中都受到极大的惊吓。吴先生十分爱家乡，看到了大地震如此大摧残，将要为这次大灾难作出"见证"的历史记载。我们在九月二十一日电视中看到地震报道后，就打电话给吴先生，问候情况，连续打了五天都打不通，真使人万分焦急，直到第六天，碰到一个机会，接通了电话，得知确实情况，我们才放心。

　　由于您和吴先生的关心，我的《战国史》增定本在台北出版之后，《西周史》很厚一册也已在台北出版。台北商务所印的书很是出色而精美，而且当赶在上海之前出版，看来台北的学术空气比较浓厚！台北版的《战国史》发行较广，已是第五次印刷，台北版《西周史》有插图二十面，书厚，定价较贵，也还有销路。

　　因为年纪已高，准备为自己的研究工作作一结束。近年来曾将历年来在报刊上发表的论文搜起来，编辑成《古史论文选集》，为了校正错字，统一标点，费了些时间，同时因为居于国外，诸多不便，拖延了时间。

　　目前拙作《战国史料编年辑证》和《古史论文选集》二书，也已送到台北和上海两地，准备同时出版。这二书学术性较强，承蒙两地出版社都很重视,正准备出版中。台北由于大地震的影响,文化出版事业可能会受到阻碍,相信不久就会重振旗鼓而发展的。

我早年曾从事古史传说和神话的探讨,曾经把古史传说还原为古史神话,承蒙先生发表专门论文加以赞许,我本拟继续写一部通论中国古神话的专门著作,这个愿望我曾在文章中讲到,承蒙特别提及。后来因为我的研究计划改变,始终没有写出这本专著,目前年纪已高,已不便写大部的著作,这将是一件憾事。我想今后学术界一定会有这方面的新著出版。

我曾请上海方面就近寄上一册上海版的《西周史》,未知收到否,若已收到,敬请指正。

便中请多多指教。

杨宽敬上

1999.10.12

致姜俊俊(9 通)

(1987 年 6 月 6 日)

俊俊同志:

上次请陈泮深同志送上的拙稿《〈逸周书分编句释〉出版前言》,匆忙中漏脱两个字,第 8 页第 9 行:

屈万里《读〈周书世俘篇〉》(台湾省出版《庆祝李济先生七十岁论文集》),"李济先生"上脱去"庆祝"两字,请便中代为补上,请多麻烦。

杨　宽

六月六日①

(1987 年 6 月 19 日)

俊俊同志:

6 月 6 日来信收到,承蒙关心《自学》这一事件,很是感激。

---

①　文中先生致姜俊俊、上海古籍出版社函皆由姜俊俊老师提供原件复印件,特此致谢!

《逸周书分编句释》能全部印出，很好。所写前言，多蒙费神誊清，十分感激。文中提到《李济先生七十岁论文集》，脱去"庆祝"两字，上次寄上一信，请补上，又麻烦你了。那篇前言，虽然早已胸有成竹，断断续续还是写了好久，才写成的。

我目前在此地，不接受国内外任何单位的约稿，郭群一同志想要我写五条文化史条目，十分抱歉，请代向郭同志表示歉意。而且，由于历代度量衡制的变化，是个十分具体复杂而细微的问题，我目前手边没有具体资料，无从下笔。

辞书出版社原定出版中型《中国历史辞典》，原来准备附有简要、具体、能够实用的表格等，如《中国历代户籍人口垦田数字表》。关于中国历代度量衡变迁的各种具体数字的表格等，我化去不少精力与时间编成的。有科学的依据，有具体的数据，可以用来推算各个时代的度量衡。现在他们不付印，大概另有打算，我正考虑，要求他们把我的写稿，包括所有表格，全部退还给我（原来我们是把这些表格看作可以吸引读者的手段的）。

《战国会要》当然应该与其他会要体例一致，经济部分归入《食货志》很好。

写得很草率。

杨　宽

6.19

（1987 年 11 月 11 日）

俊俊同志：

许久未通音讯，想必近况佳胜。

　　多年来健康欠佳，对不少事没有照顾到，甚至连那样严重的诽谤案，长期没有理会。直到最近，看到陈某的"书"居然出版，罪证彻底暴露，从此可以真相大白，于是动笔写《申诉》与《罪证》两文，正式向上级领导申诉，并请学术界公断，必要时还可进行"刑事起诉"。这样的人写这样的书，居然堂皇出版，国外学者大为惊愕，但可用作罪证，对解决此案大有好处。九月间，安阳的国际商史讨论会上，陈某竟然乘机把他的诽谤文章散发给美日等国学者，他们当场就提出种种疑问，使领导上处境尴尬。这是陈某自寻末路。自从《申诉》与《罪证》二文发出后，收到的回信很多，都表示愤慨与支持，说明学术界自有公论。据闻社会科学院对此案早作调查，并作出正确的结论，但处分太轻，只有"停学一年"，而他的论文居然出版，于是更为猖狂。北京历史研究所的具体领导同志，在安阳的会议上，找到复旦参加的同志，托他向我表示歉意，说明正在准备作进一步处理中。此一案件，曾引起国外学术界的愤慨。最近我在此间收到美日两国学者来信，都对此表示关切，并作慰问。最令人痛心的是，山东大学王仲荦先生在他看到陈某诽谤文章时，十分愤慨，中午拍案大怒，晚上竟中风而离开人世。最近山东大学教授还有来信谈及此事而表示愤慨而痛心的。

　　我的《中国都城的起源与发展》日文一本，本月刚出版，我仍想拜托你，按照我原定计划，出版《中国古代都城制度史研究》一书，版式与前书相同，作为姊妹篇。但不知你最近工作忙否？能抽出时间审校我的稿件否？又不知出版社能立即编入计划否？目前我国出版条件有否改进，能较为迅速否？为了便于你请社中领导早日做出决定，我写了一信给你社领导，请您带去商议，很希望能以同样版式由你社出版。前书出版后,国内外学术都反应很好,有的还杂志发表评介(如《中国社会科学》)。日本学者尤其感到满意,很希望早日作出决定。

我已于去年退休批准,可以毫无牵挂而在此休养了。有关都城的著作是早就写成的,只是作了些补充修订。近年正在起草的《西周史稿》一书,过去只写成三分之一,三分之二还是笔记性质,至今尚未写成有系统著作,有待于健康正常后进一步完成。上次送上翻印唐大沛《逸周书》稿,未见出版,甚为悬念。如有困难而不能出版,请即退还,甚望能够出版。社中领导与诸位同志代为问候。

敬祝学业进步,工作上取得更大成就。

复信麻烦您,仍请永康路 109 弄 5 号陈泮深同志转交。

杨　宽

1987.11.11

(1987 年 12 月 26 日)

姜俊俊同志:

前上一函,读有关《都城史》一书出版事,想已收到。此书书名,为了销路好些,可以取消"古代研究"四字,题为《中国都城制度史》,与内容也符合。目前正在把原稿与日文译本对校,补写插图说明。日文译本的序文、跋文已请一个学生译成中文,以便早日把稿件全部寄上。为了争取早日出版,想改变初衷,把稿件航空寄到上海。

顷从上海传来一消息,说有一个中学教师,写了一篇一万多字的文章,对我所写《申诉》与《罪证》二文有所商榷,已投寄到上海《学术月刊》，不知确实否？我与《学术月刊》的谢宝根（谢宝耿——编者注）同志久疏通信，想必他近况很好。我想请你有便打个电话给他，说我向他问候，并请你从旁了解一下，如果确有此事，将如何处理？如果真要刊登的话，应如何料理。据我估计，《学术月刊》专登学术文章，这种根本不是什么学术讨论，是不会刊登的。因为这是一件诽谤案，我把二文寄给上海市委宣传部之后，该部有回音，说已请社会科学院处理（中央宣传部也早已回信，说正在转请社会科学院处理）。《学术月刊》当然没有必要牵涉这个问题。如果真有其事的话，估计《学术月刊》会郑重考虑的。为小心起见，还是请您帮助探听一下，并代为致意。

敬祝新年如意

杨　宽

1987.12.26

如果《学术月刊》要登与我商榷的文章，那末，他必须首先刊登我的二文。

为争取早日出版，将把稿件航空寄到上海，只能费去昂贵的航空费，上次航空寄上《逸周书》那本复印稿，已是相当昂贵的美元，此次稿件要重一二倍，将很昂贵。

（1988 年 2 月 2 日）

姜俊俊同志：

1 月 15 日来信，收到。

多谢您的帮助。上次所说中学教师中有人写文章讨论的事，是我的一位在上海教育学院当讲师的学生所听来的传闻，该是传闻失实,根本没有此事。承蒙特为此事与谢宝耿同志联系并面谈,了解情况,多方关注,极为感激。

《逸周书分编句释》出版前言,承蒙特为誊清交给《论丛》发表,极好。文章名称亦很妥帖,钱伯城同志前请代致意道谢。所编目录,我已仔细看过,这样依内容按卷数分编,编成目录方便读者,是需要的。我没有说什么意见。现将原目录归还。至于眉批,看来还是取消为好,因为大部分不清楚。

《中国都城制度发展史》稿,想必已收到。如果审阅时,发现有错脱或其他问题,请写信告知,我在此留有原稿,请写明页数行数,马上可以查到答复。

目前此稿只有卷首图版尚待解决,要等日本方面寄照片来。等待照片寄来,我即加上《说明》寄上。只是想增补宋人张择端《清明上河图》图卷中描写东京"城门口街市"和"虹桥街市"部分,关于这方面,待将来寄上照片时,一起作好"说明"。日文译本想必不久即可收到。敬祝

新年愉快

杨　宽

1988.2.2

(1988 年 10 月)

姜俊俊同志:

前接来信,说明因有要事,推迟审阅拙稿,七八月后即可续审,不知进度如何?图版制作如何?何时可以付排?近阅此间中文报纸,都谈国内纸价飞涨,印工亦贵,学术著作定数降低,常常赔钱,出版社

因而推迟出版。未知拙稿进行如何？甚以为念。

此乃我晚年重要著作，上编已出日文译本，在日本很受欢迎，因此与《陵寝制度》一书为姊妹篇，日本由同一出版社出版，且为同一风格，因而日文译本一出，即飞速写信给您问询，接着即航空寄出全稿。我本来在国外可以出中文本，而且出版较快，印刷亦精美，纸张可较好。因我考虑到，《陵寝制度》既由你社出版，由您审校负责，此书亦同样处理为妥，因为在国际学术界上，观瞻所系。这是我不从经济方面考虑，而从国际学术界的情况来考虑的。因为年龄已高，平生以学术研究为主，国际上有许多学者知道的。日本学者西嶋定生曾为此专程到美国来访问，假出席美日史学家会议之便，到美国洛杉矶，再从美国西海岸乘飞机横越整个美国，来到此地美国东南海滨，盛情十分使我感动。因此此书中文本必须出得像样才好。想必在克服困难，努力完成审稿及付排工作，未知图版进行如何？下编图版已制作否？甚以为念。如果限于国内经济形势，无法争取早日付排和出版，望即告知。

最近翻阅原稿，有一处请麻烦改正：

原稿第 436 页 13 行—16 行

13 行：亲坊南（或作睦亲坊口），有一种作临安府洪桥子南

14 行：河西岸陈宅书"措铺"，又有一种作临安鞔鼓桥南河西岸陈宅书籍铺的

15 行：桥和鞔鼓桥都是西河上的桥，该是另外两家陈姓所设的书籍铺

16 行：陈起父子所刊唐人诗集很多，王国维推定明刊十行

请按照以上红字改正，请接信后，即在原稿上更正，很是重要（以

前判断恐不确）。

据谈国内风气大变，大家都经商图利。出版社谋求经济效益，当然十分重要。

如果稿件正在努力进行，如有什么问题待解决，并望告知，甚以为念。

写得很匆促。敬祝

工作顺利

杨　宽

1988.10

（1988 年 12 月 12 日）

俊俊同志：

11 月 21 日来信收到。

承蒙为拙作《都城史》一稿下了不少功夫，又承为出版作了不少努力，极为感激。承蒙你社编辑会多次讨论继续留用，深受爱护，尤其是您在会上力争，更为感激。但是这是大势所趋，目前国内经济情况所决定的，不是少数人的主观努力可以克服的。目前此稿尚未付排，你社尚未因此受到经济上的损失，如果付排，可能仍然积压，不可能及早出版，反而造成难以解决的问题。我经再三考虑，决定特请贵社领导同志将拙稿退回，已写成一信，特请陈泮深同志送交你社领导。送交之前，当即送请您先看。当然首先要征得您的同意。务肯您同意。

拙作《论西汉长安》一文，誉清后承蒙代为校勘，费去许多宝贵时间与精力，极为感激。对于拙稿《城市史》，想必早已化了不少精力，内心深为感激。此次决定收回原稿，出于不得已，务恳原谅。

承蒙为《学术月刊》上发表论西周官制文章①专门去了解，极为感激。此文虽然表面上无恶意中伤的话，但引用诽谤者所作某一论断，骨子里仍为诽谤者张目，用心不良。写这篇文章的人，对古代史尚未入门，缺乏常识，所引史料也都不正确，甚至引用东晋人伪造的《伪古文尚书》来作证，其中常识性错误甚多。不值得一谈，徒然浪费笔墨与时间，稍有常识的人，一目了然。新年快到，敬祝

工作顺利

杨　宽

1988.12.12

（1989年2月22日）

俊俊同志：

先后两信，都已先后收到。

承蒙为我稿费去不少宝贵的时间与精力，现在不能付印而需要退稿，事出不得已，这是国内大势所趋，不能责怪任何人，这是我很理解的。我之所以急于要退稿，免得拖延在那里，将来拖得时间长了，更感到为难。至于退稿手续需要如何办理，这是容易办的。

承蒙为我稿经过努力，这是很感激的。今后尚望多多联系。

图稿如能将日文改换成中文，当然很好。我想请您便中帮助一下，上次我送上"上编插图"部分，其中"图1"请查原书，改成中文，"图7"请代查原文加以改正，"图22"请按《文博》原文改成中文，"图23"

---

① 此文指张志康、谢介民：《"卿事寮"析论》，《学术月刊》1988年第2期。

请按《考古学集刊》改成中文,"图 27"请按《考古学报》改成中文,"图 28"请按《考古学报》改成中文,"图 29"日文图例请改成中文,"图 47"采自《　》,《考古》1963 年……请代为查篇名。……总之,我原稿上有许多地方请查原书之后改正的,想必早已全部查对而加以改正。为此,想麻烦您,请您把改正稿送给我,我非常感激。这样可以免得我再另外请人代为查书再改正了。

多谢您的帮助。

敬祝

新年快乐

杨　宽

1989.2.22

此信写得很匆促,很草率,因急于寄信。

(2000 年 5 月 21 日)

姜俊俊同志:

多年未见面,时在念中。

多年来承蒙帮助我出版著作,先后在上海古籍出版社出版了《中国古代陵寝制度史研究》和《中国古代都城制度史研究》两书,印刷精美,发行甚广,非常感激。

目前我年事已高,正在想为平生历年著作,做好总结的工作,为了方便起见,我要请上海人民出版社把我出版的大小著作,一起重印出版,每册加上一个《杨宽著作集》第"几"种的小标题。为此要恳请上海古籍出版社的领导同志特别出信给上海人民出版社,表示无条件地让与出版重印上述《中国古代陵寝制度史研究》与《中国古代都城制度史研究》两书。

　　特此恳请您为此请贵社领导同志出信而玉成此事，非常感谢您的大力帮助。

　　敬祝

快乐健康

杨宽敬上

5 月 21 日,2000 年

致李绍崑(1 通)

(1990 年)

……十月十六日大教,敬悉。

先生于八月间到北京、天津等地讲学,对国内思想史之研究,必然大有启发,起着很大的促进作用。明年五月又将应邀前往南开作"墨学十讲",将是学术界一件大好事,将使国内思想史研究者大开眼界,广开思路。

所拟"墨学十讲"题目很全面。墨子是我国思想史上第一个全面发表其治国平天下主张的,而且是身体力行的,既有理论而又重实践的。墨子对政治、经济、社会、宗教、科学、文化、教育、军事等方面,都有其独特的主张,都是有其一贯的宗旨的,而且墨者是一个有组织而行动的学术性团体。过去国内学者讲墨子的,往往强调他重视劳动生产以及节约方面,因此十讲中似乎需要加节用与经济一讲。过去国内不少人认为墨子及墨者代表小生产者,我是不同意此说的，但是在先秦诸子中，他确是十分重视经济作用的。他很重视发展经济，不仅目的在于"刑政之治""人民之众"，而且在于"国家之富"。

《墨经》中最为人注意的，其中有科学思想以及力学、光学、几何学方面的内容；同时最为人反对的，就是近人对《墨经》的随意校释。过去陈寅恪对冯友兰《中国哲学史》的审查报告（见于陈的文集中，上海古籍出版社出版），就曾抨击当时人对《墨经》随意校释的风气，批评得很厉害。我亦曾反对把《墨经》解释得过于现代化。《墨经》应是一部有系统的著作，近人不顾上下文，抽出其中字句，或者重新加以编排（如谭戒甫所作《墨经科学译注》那样），重新随着自己的需要，加以附会解释，确是有许多过于现代化的地方。我认为，只能把《墨经》上下篇（连同《经说》），分成段落，参照上下文，领会其中真意。

《墨学十讲》，希望将来能出版，使没有听到的，也能看到。并望早日出版，先睹为快也。

写到这里，我要补充说明一下。我之所以推重墨子是我国思想史上第一个全面发表其治国平天下主张的，因为在他以前，孔子的学说只见于他的言行录《论语》之中，孔子没有发表过系统的论文，而墨子书中，既有墨子的言行录如《耕柱》《贵义》《公孟》《鲁问》等篇，更多的是系统地阐明治国平天下主张的政治论文。孔子弟子使用表达当时流行口语（采用"也""呼""焉"等语助字）的新文体写成记录孔子言行的《论语》，墨子更进一步，第一个用这种新文体写成了许多政治论文，写得逻辑性很强，这是当时文学改革中的创举，此后诸子纷纷效法，用这种新文体写成著作，这样就开创了"百家争鸣"的局面。因此我认为，墨子在中国文学史上也应有其重要地位。

当二十年代和三十年代，墨学研究曾经盛极一时，对《墨经》的校释成为一时风尚，校释《墨经》的著作如雨后春笋，出版有十多种。我曾经于三十年初期参加墨学的讨论，发表过多篇文章，四十年代初期我又发表了《墨经哲学》这本小书，因此我与墨学研究，从青年时期以来就有因缘。现在看来，我当时的一些看法还是很粗浅的。上述信中所提到的陈寅恪教授和谭戒甫教授，都是我早年所熟悉而尊敬的学术界前辈。陈寅恪是一代史学的大师，曾经对当年人们对《墨经》校释做过很厉害的评论，他在《冯友兰中国哲学史第一册审查报告》（收入《金明馆丛稿》第二编）中，指出当时人校释《墨经》的大病是："今日之墨学者，任何古书古字，绝无依据，亦可随其一时偶然兴会而为之改移，几若善博者呼卢为卢，喝雉为雉之比，此近日中国号称整理国故之普通状况，诚可为长叹息者也。"这确是值得我们从事校释《墨经》的人引起十分警惕的，包括我在内。我曾经发表过《墨经科学辨妄》（收入《中国语文学研究》，中华书局 1930 年版）和《论晚近诸家治墨经之谬》（《制言》第 29 期，1936 年）两文，检讨当时《墨经》校释中存在的问题。当陈寅恪教授于 1949 年 1 月从北京南下，路过上海，转乘海轮时，我曾登上轮船送行，这时他两眼的病情已很严重，只剩微弱的光感，从此一别就没有再见面，直到他在十年动乱中病死。至今我常常怀念他。这些只是旧话重提。

最近接到绍崑教授来信，说他这部大著快要出版，承蒙他邀约写一篇序文，我十分高兴接受这一邀约。承蒙他立即把原稿寄来，看到他对近人不同见解，旁征博引，的确可以大开眼界，广开思路。同时他在评论别人见解和阐明自己创见的过程中，的确分析得很精辟。不少思想史的学者认为墨子学说的中心思想是"兼爱"，而绍崑教授却认为墨子的中心思想是"天志"，因为墨子认为"兼爱"出于"天志"。不少学者认为墨子的缺点是唯心主义世界观，宗教思想太浓，讲究"天志"和"明鬼"，而绍崑教授却认为墨子"法治"的政纲就出于"天志"，正是他政治思想的精粹所在。他认为二千多年来儒家之所以得到独尊，就是因为儒家讲究"人治"，正符合历代君王独裁的需要；而墨家之所以一开始就被君王讨厌，就是因为墨家讲究"法治"而不重"人治"，反对君王世袭制度，主张统治者必须兼爱兼利人民而不是剥削压迫人民。这是个很精辟的创见，我十分赞同。

历代君王都是讲究"天命"的，都自以为"真命天子"。"革命"这两个字的原始意义，就是顺从"天命"的变革。历代君王的改朝换代，从来都被看作"天命"变革的结果。周武王讨伐商纣，口口声声说是奉上帝之命去讨伐多罪的"独夫"，这是顺从天意。周武王说："上帝之来，革纣之命，予亦无敢违大命。"（《逸周书·商誓》）。周武王为了克商，曾在盟津地方召集诸侯会盟，所作盟誓称为"大誓"或"大明"（"明"是"盟"的假借字），一再宣称伐纣是奉"天命"，并且指出"天命"出于民意。墨子在《天志》《非命》等篇文章中曾一再引用《大誓》和《大明》证明"天志"的确实存在。可以说，这是墨子《天志》的思想渊源。然而必须指出墨子所讲"天志"的内容，完全出于墨子的创造。可以说这是当时神学上的一次重大革新。

《墨子·法仪篇》认为百工从事必须用规矩，治天下和治大国必须依照法仪，而法仪是天意所决定的，因而他说："然则奚以为治法而可？故曰莫若法天。"《墨子·天志》的上中下三篇结论是相同的，特别是中下两篇的长篇大论，最后都归结到以"天志"作为法仪。墨子所讲的法仪，就是人类社会的共同的公正法则。他认为这种公正法则是天赋的，是神圣的，出于天意的大公无私、兼爱兼利和光明普照。这就是《法仪篇》所说的"天之行广而无私，其施厚而不德，其明久而不衰，故圣王法之"。这种天赋的人类社会共同的公正法则，包括大国和小国之间的友好共处原则，大家和小家之间、强弱之间、众寡之间、诈愚之间、贵贱之间的友好共处原则。这种共处原则，墨子称之为"兼"，所以说："兼者，处大国不攻小国，处大家不乱小家，强不劫弱，众不暴寡，诈不谋愚，贵不傲贱。"（《天志中篇》）墨子所说的天赋法仪，最重要的是司法的公正原则，这在墨子称为"善刑政"。他说："观其刑政，顺天之意，谓之善刑政；反天之意，谓之不善刑政，故置此以为法，立此以为仪。"（《天志中篇》）墨子所说的天赋法仪，在伦理道德上的公正法则就是兼相爱而交相利。

墨子这种天赋法仪的政治主张，应该和十七、十八世纪西方思想家所提倡的天赋人权的政治人权的政治主张类似的。西方思想家所倡导的天赋人权的主张，认为任何人生来都享有神圣不可侵犯的天赋人权，包括生存、自由和追求幸福的权利；墨子则认为天赋的法仪就规定有神圣的人类社会共同的公正法则，应该兼相爱而交相利，任何人不该受到攻击、侵犯、劫夺和欺诈。但是两者的结果大不相同，西方这种天赋人权的主张，不断得到发扬光大，一六八九年英国国会据以制定《人身保护令》和《权利法案》；一七七六年美国的《独立宣言》和一七八九年法国的《人权宣言》都宣布天赋人权的神圣不可侵犯。到一九四八年联合国通过《世界人权宣言》更进一步宣称任何人均享有各种自由以及劳动权和其他经济的、社会的、文化的各方面权利；并且设立人权委员会主管这事。说明这种天赋人权主张的影响深远和作用巨大，已经成为全世界、全人类共同的法则。至于墨子的天赋法仪的主张，秦汉以来因为受到专制独裁者的排斥而销声匿迹了。

墨子认为当时人民有"三患"：饥者不得食，寒者不得衣，劳者不得息（《墨子·非乐》上篇）；同时认为国家应该做到"三务"：国家之富，人民之众，刑政之治（《墨子·尚贤》上篇和《节葬》下篇）。他所有的政治主张，都是为了解决人民的"三患"，达到国家的"三务"。要达到国家的"三务"，首先要解决人民的"三患"。要解决人民吃不饱、穿不暖和劳苦不得休息的"三患"，必须解除造成"三患"的根源。这个根源，墨子称为"别"，"别者，处大国则攻小国，处大家则乱小家，强劫弱，众暴寡，诈谋愚，贵傲贱"。墨子提出天赋的神圣的"兼"的法仪，就是为了从根本上改变这种"别"的根苗，要采取措施来改造这个"别"的世界，从而顺从"天志"创建一个新的"兼"的世界。因而他要取消当时贵族的世袭特权，主张不分贫富、贵贱、远近、亲疏选拔人才，"虽在农与工肆之人，有能则举之"，做到"官无常贵，而民无终贱"（《墨子·尚贤上》）。因而他反对一切攻击、侵犯、劫夺和欺诈的行为，极力反对"不与其劳，而获其实，以非其有而取之"（《墨子·天志》下篇）。因而他主张依据天赋"法仪"进行治理，而反对"人治"，因为他看到"天下之为君者众，而仁者寡，若皆法其君，此法不仁也。法不仁，不可以为法"（《墨子·法仪》）。因而他提倡"兼爱"的伦理道德，主张兼相爱而交相利，"有力相营，有道相教，有财相分"，从而解决人民的"三患"，进而创建国家的"三务"，由此建立一个人民没有"三患"的新社会，建立一个做到"三务"的新国家。这是多么崇高的理想啊！这就是墨子学说的伟大的宗旨所在。

有人看到墨子主张"尚同"，主张"一同天下之义"，"上之所是，必皆是之",认为他主张专制独裁,甚至诬蔑他鼓吹法西斯统治。其实,墨子的"尚同"主张,不是别的,就是为了统一奉行天赋的"法仪",就是为了保证这个神圣的人类社会共同的公正法则的贯彻执行。墨子所要"一同天下之义"的"义",就是他所说"天欲义而恶不义"的"义"(《天志》上篇),所说"义果是天出"的"义"(《天志》中篇和下篇),也就是说"以天为法"的"法仪"(《法仪篇》)。所说"一同天下之义",就是统一奉行这个天赋的人类社会共同的公正法则。所说"上之所是,必皆是之"的"是"就是这个统一的公正法则,不是当时任何国君的意志,因为在他看来,当时"为君者众,而仁者寡,若法其君,此法不仁也"。因而他认为天子、国君都必须统一于这个神圣的公正法则,正是他为了反对当时国君的专制独裁和横行不法的行为。正因为如此,墨子所主张的"尚同",不但下自乡长、家君,上至天子、诸侯,都必须选举最贤者担当,一层层的执政者都必须"一同天下之义",而且天子必须"又总天下之义,以尚同于天"(《尚同》下篇)。墨子这样主张统一奉行共同的公正法则,正是为了反对专制独裁的统治,积极推行民主的统治,所以墨子所说的"尚同",主张"上下情通,上有隐事遗利,下得而利之;下有蓄怨积害,上得而除之"(《尚同》中篇);主张"上之为政,得下之情","明于民之善非","得善人而赏之,得暴人而罚之"。而且他十分重视广泛听取下面群众的意见,要使群众的耳目帮助在上者的视听,"一视而通见千里之外","一听而通闻千里之外",他认为只有这样广泛听取群众意见,才能明白群众的是非,做到赏罚分明,"使天下之为寇乱盗贼者周流天下,无所重足者"(《尚同》下篇)。他还认为刑罚的目的在于"沮暴",如果不通下情,"上下不同义,上之所罚,则众之所誉",就不足以沮暴(《尚同》中篇)。他指出这点非常重要，"治"必须在"民主"基础上进行，才能真正的贯彻执行。

绍崑教授这部大著，精义很多，我所领会到的只是其中一小部分，而且他的许多论点足以发人深思，很有现实意义。人类社会的历史正在不断地进步发展，从野蛮走向文明，从专制走向民主，从人治走向法治，国际间和平共处原则和人类社会共同的公正法则正在经过建立而不断完善中，我们由此回顾二千多年前的墨学，就更显得它的伟大，此中现实意义是十分深长的。

杨宽　一九九〇年五月二十日
写于美国迈阿密海滨①

---

① 李绍崑：《墨学十讲》，水牛图书出版事业公司1990年版，《杨序》第1—10页。

致马昌仪(2 通)

(1992 年 10 月 19 日)

昌仪先生:

　　王孝廉先生转来大函与委托书,均已收到。

　　承蒙将五十年前的著作《中国上古史导论》中部分章节编入大著《中国神话学文论选萃》中,自当同意签署委托书。兹将签署的委托书附上。

　　中国古代神话,曾是我青年时代研究的一个主题。《中国上古史导论》原是 1937 年执教广东省立勤勤大学教育学院文史系时所编的讲义(当时曾排印而发给同学),想不到此书在国外的影响远比国内为大。日本著名学者贝冢茂树在 1946 年发表的《中国古代史学的发展》中即有推荐与评论,因而在日本影响很大。

　　承蒙索取我的简历与新作,兹将《中国皇帝陵的起源与变迁》日文译本所附简历复印寄上。近年我并无神话学的新作。新作都是中

国古代史方面的，如新版《战国史》（1980 年）、《中国古代冶铁技术发
展史》（1982 年）、《中国古代陵寝制度史研究》（1985 年）、《中国皇帝
陵的起源与变迁》日文译本（1981 年）、《中国都城的起源与发展》日文
译本（1987 年）。即将出版的有《中国古代都城制度史研究》。

专此奉复，敬颂

著安

杨　宽

1992 年 10 月 19 日①

（1994 年 12 月 19 日）

昌仪先生：

大作《中国神话学文论选萃》已转到这里，大函亦已转来。读了
大作，感到十分亲切，如同见到了许多阔别已久的老友。读了大函，
很是高兴。承蒙欣赏半个世纪以前、青年时期的旧作，颇不敢当。厚
厚一册的顾先生年谱，承蒙寄到我的上海通讯处，亦早已转到，并曾
拜读，请代为道谢。

中国神话学作为一门新兴学科，从它的逐渐创立，经历了风风雨雨
的错综复杂而曲折的历程，到今天已进入到历史发展的新阶段，深感荣
幸。从此国内外学者的研究成果，可以广泛地交流融合，取长补短，相
互推动而得以蓬勃发展了。在这个承前启后的关键时刻，回顾和检讨
一下长期发展的历程，以便脚踏实地地再出发，是很重要的，此中有深

---

① 马昌仪：《杨宽关于神话研究的书简》，《中国社会科学报》2017 年 9 月 11 日
第 8 版。

刻的历史经验和教训,可作为今后发展的借鉴。大作虽是一本汇编的论文集性质,由于深入地搜集、发掘、抉择、剪裁和编辑,确实勾勒出了这门学问发展的脉络和轮廓,反映了此中不同流派交错进行的经历和贡献。尽管这些文章都是早已发表的,从不同角度观察,发表了彼此相同或相异的见解,都有一定的史料价值与学术价值,发挥了特定的作用。很希望继此而作的专著能够早日写成出版,先睹为快。

大作中收有郑师许一文,读了特别高兴。郑先生是我早年好友,三十年代他和我曾一起主编上海华文《大美晚报》(《大美晚报》原为英文出版)的《历史周刊》,一九三六、一九三七年间曾是上海博物馆中工作的同事,一九三八年曾同执教于广东勷勤大学教育学院文史系,拙作《(中国上古史)导论·综论》正是此时所写成,曾得到他的鼓励,而且我有关这方面的文章,就发表在那个《历史周刊》上。可惜他死得太早,留下著作不多,学术界不了解他。他是广东东莞人,抗日战争前,曾任上海交通大学教授、上海博物馆艺术部主任,抗战时期任勷勤大学教授,抗战胜利后任中山大学教授,为人刚直,据说解放初期离职,不久即病死。

承蒙关心我的著作的整理和出版,目前我正在补充修订未完成的旧作。此间没有冬天,树林四季常青,目前正是"杂花生树,群莺乱飞",是老人修养之地,因为习惯于此,很怕到别处去了。预祝明年召开的中国神话研讨会,取得继往开来的巨大成就。

特此敬祝安康,恭贺
新年

杨　宽

1994 年 12 月 19 日

致高木智见(7 通)

(1995 年 2 月 21 日)

高木同学：

承蒙寄来我需要的文章，对我帮助很大。我从 84 年来到美国以后，国内杂志只有《文物》《考古》《考古与文物》《文博》等四种，请亲戚每期从上海寄来，其他杂志都没有看到。现在我的《战国史料编年辑证》已经基本写成了，大约有七十万字。目前还在做补充修订工作。

郭沫若的那篇考释，他刚写成，我就在他家中看到过，他认为诅楚文三石，"巫咸文""大沈厥湫文"是真，"亚驼文"是假，我是赞成的。他的解释和考证我不同意。我认为，当时秦、宋等国，都流行"巫师"的"巫术"，大战前，当由"巫师"咒诅敌国君主，这是一种"巫术"。过去"彝族"有这种巫术，战前，由"巫师"祷告天神，咒诅敌人首领，并扎草人写上敌人的姓名，一面咒诅，一面打击。战国时宋国仍用这种巫术，我在《战国史》509 页注解中谈到，没有加以发挥。秦国也是如此，秦王便用"宗祝"诅咒楚王,正当大战之前,"宗祝"是宗庙之祝,秦的祖庙在雍(即今凤翔),秦祭祀天神之祠也在雍,所以"宗祝"在雍举行。《古文字研究》上那篇"献疑"的文章,所提四点可疑,我认为,不能成立,这是他不理解这是巫"诅咒",唐宋间的文士是不可能杜撰出咒诅"巫术"的。"巫咸"是"巫师"崇拜的天神,是上通天庭的。"大沈厥湫"在"朝那湫"(今甘肃平凉县西北),据说是"龙"的潜居之渊,龙即"句龙",是后土之神。诅楚文所以先在雍,在"巫咸"神前咒诅,又到朝那湫旁,在"大沈厥湫"神前咒诅,就是要上通天庭,下通地宫(龙宫)。所有咒诅之辞,就是把楚王说成"桀""纣"一样的暴君,并不是事实。看来齐国亦有这种巫术,"宋王偃"被说成和桀、纣一样,看出原本出于齐的咒诅。("大沈厥湫"这个神,看来就是因为"龙"潜居渊中,祷告的刻石要沉入水中,因而神名"大沈厥湫"。)

《大美晚报·历史周刊》上的文章,已经从上海图书馆中查明,共有三十七篇,现把目录寄上。另外《中国皇帝陵之起源与变迁》论文目录,第65条以后,注明有十四篇文章发表在顾颉刚主编上海的《益世报》"史苑"周刊上(上次误写为天津《益世报》"史学",也请亲戚到上海图书馆去查证),因为图书馆藏报有残缺,只查到八篇的目录,其中有一篇,连载三期,另外六篇没有查到,因为报有残缺,别处是不容易找到的。

现在我要请您复印:《文物》1976年9期上发表的《云梦睡虎地4号秦墓出土的两封木牍家信》的全文,两封家信不长,我这里只有84年以后的《文物》。

另外我要找刘向《列女传》这书中有关战国史的资料。刘向《列女传》共七卷,共记一百多名妇女,不知其中有多少战国时人。我现在所知的，只有二人，一是倒数第二代赵王（赵悼襄王）之倡后，二是秦攻破魏之后，所谓"节义"的公子乳母。如果容易买到的，请代买一册寄来，估计书不厚，字数不多。如果买不到，复印的话，只印此中战国时人。

我现在想不到其它可以补充的资料，不知你看到近年发表的文章中有重要资料否？

十分麻烦您，我很高兴的，这部青年时代开始编写的书，如今补充完成了。为了力求完美，还想作些补订。

敬祝

健康快乐

杨　宽

1995.2.21

上次承蒙寄来中华书局出版的何建章《战国策注释》上册有很多缺页，缺 427—458 页。①

(1995 年 3 月 15 日)

高木同学：

今天看到纽约的《世界日报》，上海"刘海粟美术馆"即将开放，刘海粟是去年去世了（九十九岁），生前把收藏古字画三万多件，自己作品六百多件全部捐献，从而上海市当局创立了这个美术馆。我在《自传》中文本 291 页 7—11 行，谈到刘的事，说他上海和南京两处有家，上海家中字画全部红卫兵抄出焚毁。这是事实，刘是著名的大画家，

---

① 杨宽先生致高木智见函皆由高木智见老师提供，特此致谢！

既划为右派，也诬害为反革命分子，"文革"时当然要"抄家"，是逃避不了的。大概因为他早划为"右派"，反"右派"斗争一般是不抄家的。他因为既是画家，又是著名收藏家，他的一部分收藏品曾在商务印书馆出过书的，因此他早已把许多主要精品转移到别处秘密保藏起来，留在家中的只是次等品，他在家中被抄之后，所以在公园里到处告诉人家，就是让大家知道他已抄过家，免得再到别处去搜查。既然是这种情况，恐怕有人看到我的《自传》，要说我是"造谣"，上海当局也可能要如此说。因此我的《自传》这段话，必须要加以补充说明。

我考虑，中文本 291 页第七行第一句"抄家中文物受到损失确是很大的"下，加一句："只有个别的人预先把家中所藏转移到别处秘密保藏的才得保存"。第十一行末句"一起丢到场地上毁之一炬"下，加二句："其实他早已把许多重要的精品转移到别处秘密保藏，因而得以保存"。

这样的增补，非常重要。是不是可以设法现在补进去，到"三校"时特别注意这点，十分麻烦您，请您设法补充一下，非常重要。

另外，西周的胡巫人首像找到了，见于陈全方《周原与周文化》图版 20"扶风召陈西周建筑遗址中出土的蚌雕人头像"。1 号头像顶上刻有"巫"字。这本书是我帮助他们编的，我从头到底做了修改，并做了补充。

秦诅楚文是秦惠王时的，《吕氏春秋·去宥篇》，说到秦惠王听信"饰鬼以人""虽杀不辜……"，同时墨学在秦惠王时很盛行，李学勤推测《墨子·备城门》以下各篇于秦惠王时，《迎敌祠篇》讲到"公祠"，见于秦简"法律答问"，应作秦惠王未称王以前（见《云梦秦简研究》334 页）。

周原出土甲骨文有"宗贞……成唐（汤）……叟二女，其彝：血羚三……",宗而宗祝(即巫师),"戕二女"即杀俘二女,即用彝盛血而祭祀。其次再用羊豕……,《逸周书·克殷篇》"乃命宗祝……祷之于军……"中也讲到军中分宗祝。

不多写了,敬祝

健康快乐

杨　宽

1995.3.15

(1995年6月18日)

高木同学如见:

6月23日来信收到,陈汉章《周书后案》复印本已很快寄到您那里了。我真想不到,陈汉章,浙江象山人,民国初年的著名学者,他的著作印本流传如此稀少。我查过京都大学所藏汉籍目录中没有这本书。刘起釪是顾颉刚"《尚书》学"的弟子,看来顾颉刚也未见此书,北京图书馆未有此书。想来古籍出版社即将出版的三人合著《逸周书汇校集注》,曾看到此书。古籍出版社既然出版这本《汇校集注》,看来不会再出沈延国的《集释》了,大概《汇校集注》比较内容齐全。

我捐献给上海图书馆的书,此中还有多种罕见之书。如清代本刻本《四虫备览》四册,我曾翻阅许多图书目录,不见此书,可能这是一本"孤本",此书搜集古书"动物"资料,可以说是科技史的著作,看来许多研究科技史的学者都未见过,包括李约瑟在内(据报道,他今年去世)。

我的《自传》,已经三校,看来不久可以出版,我很希望早日出版。光阴过的奇快,我们在复旦一起研究学问的时候好像就在眼前,一会儿我已老了。很希望早日看到《自传》出版,费去您许多宝贵的时间和精力从事翻译。我也希望早日结束,您可比较快速地写成您的《先秦思想史》的著作。希望您暑假中能够开始新的写作。

这次《自传》所附的著作、论文目录是比较完全的。我曾经想出版一部总的论文集,如谭其骧那样。因为我的大小文章比较多,大约有二百篇,可能一起出版太庞大,有困难。我想分印"专题"性质的论文集,如《古神话论文集》《墨子学术论文集》《西周春秋史论文集》《战国史论文集》《农民战争论文集》……不知是否容易办到。

我的《战国史料编年辑证》一书,大体上已定稿,今年也想送交出版社,因为篇幅多,排印出版可能要费很多时间。因为书中有古字,可能校勘也很费力。如果此书出版,再加上我所主编的《战国会要》一书,关于"战国史"的研究资料就很完备而有系统,便于大家一起研究了。如此可推动这方面研究进一步发展。

您问的关于"林惠祥"的问题。中文版 102 页 1 行所说"后来林惠祥成为我的同行和朋友",所谓"同行"是指"相同的行业",指林惠祥和我一样的考古工作,特别是中国东南地区的考古工作。并不是说我和他曾经在同一单位一起工作。中文本 193 页 9 行,讲到"沈从文在中国历史博物馆工作,改行研究古代服饰,成为我的同行了",是讲沈从文不再写小说,而在博物馆改行研究古代服饰,和我在上海博物馆研究古物,成为"同行",也不是说我和沈从文曾一起工作。"同行"这两个字,不知如何译成确当的日文比较确切?

敬祝

健康快乐

杨　宽

1995.6.18

（1995 年 6 月 30 日）

高木同学如见：

23 日来信，连同出版会用后退回的内人照，都已收到，很是感激。

东大出版会所寄海运慢件，恰巧同时收到。多谢您的谦让和特意照顾。一共收到十二册赠书，连同上次航空所寄一册，共十三册之多。并蒙代为赠送给贵国学者五册。

最近接到尾形勇教授来信，他已收到我的赠书，他很是高兴，已受出版会的请托，将写一篇推荐介绍的文章，不仅针对中国中国史的专家而言，而且将向广大的大众读者宣传，因为此中有现代史的确实记载。我已回信表示赞赏和感谢。我并且告诉他，这本《自传》的中文本，王孝廉教授曾带一册到北京，送给了历史所的顾潮①——顾颉刚的女儿。顾潮是"流着眼泪读的"，因为顾颉刚五十年代以来，长期受到排挤和批评，认为我的《自传》"对他做了公正的评价"，因而"非常感谢这样的正义和公平"，她说"如果顾先生泉下有知，也会因有这个朋友而感到安慰的"（1994 年 6 月 12 日来信原文）。

关于《中国重要考古发现》，这本书我未见过，两位作者我也不认识，可能是年轻学者所作综合性的报道性质的汇编，只是把许多重要考古发现集合起来，作了较详的叙述和介绍，不知其中有特殊的高明的见解否，是否有特殊的价值的"专著"？请您仔细通读、研究推敲，是否值得您费很多宝贵时间去翻译？您为了我的《自传》和翻译，做

---

① 　编者曾于 2015 年 1 月 12 日晚致电顾潮，顾潮言：在记忆中，先生并未给自己写过信，只是托人将《杨宽自传》送来。

了许多细微而周到的工作，因而费去您许多宝贵的精力和时间。您已快进入中年，看来当前最要紧的工作，应该有自己有分量的"专著"出版，与您目前进行的教学密切相关，写一本有系统的《先秦思想史》十分重要，这样就便于晋升教授。而且，当前贵国学术界正是看重您的时候，出版这样一本"专著"很是及时的。尽管您有高超的翻译中文的能力，可以驾轻就熟去翻译别的书，看来必须仔细考虑一下，不适宜把时间和精力用在翻译一本综合性和一般性属于介绍性质的著作上去。如果要翻译，也必须翻译有名望而有特殊价值的著作。如果您本来不想翻译，不适宜去翻译而勉强去翻译，这是不必要的。我想，作为老师的，对此必然会原谅。而且这样去做，费力而不讨好，希望您多多为自己的前程着想，并为今后的学术研究工作着想。请您为此多作考虑。如果您已经答应您的老师，或者已经与原作者接洽，也还是可以改变，说明原想这样翻译，目前因为有更重要的著作写，只能推迟了。待以后看工作情况再作考虑，绝没有"非翻译不可"的道理。

敬祝

健康快乐　前程远大

杨　宽
1995.6.30

（1996 年 1 月 18 日）

高木智见教授：

　　来信早已收到，知道你工作很忙，正在筹备一本专著——《先秦思想史》，很是高兴。因为这对你的前程，关系很大，希望能够早日着手，早日完成，早日出版。你说将要到台湾去作这方面研究而写这本书，是否台湾对这方面有许多方便。我希望这本书，内容可以很专门，但是写来很通俗，不要引文太多，都要写成现代化的文字，便于理解，便于出版社的发行。

我目前正在重新修订我的《战国史》，因为此书过去印数很多，一共印了五万多册，影响很大，无论大陆或台湾都希望能出版。此书"第二版"是一九八〇年印的，距今已有十五六年，出新版应全面加以修订。我正在修订中，预定书名加上"增定本"，就是想作为最后"定本"。因为年老了，今后不可能再作全面修订，因而成为"定本"。近年我已完成了《战国史料编年辑证》，因此《战国史》中有不少是可以补充的。关于这方面的考古资料，过去李学勤曾有《东周与秦代文明》加以概括，我早已见到。最近听说他有《李学勤集》，由黑龙江出版社出版，是否正确？有关近年来这方面的新资料，你见得多，如果想到，望见告。凡是重要的，我很想加以补充。

另有一信，想请你帮助办理，把两份资料送给两家古书店，并代为问询一下。

敬祝

新年快乐健康

一九九六·一·十八

（1996 年 4 月 3 日）

高木教授：

以前承蒙寄来有关"秦诅楚文"的资料，我因此写了一篇讨论文章，朋友把这篇文章带到了台北召开的这方面的讨论会上，后来又带往北京,发表了在文学研究所主办的《文学遗产》杂志上。这是去年的事,到今天,才得到上海亲戚寄来的复印本,寄给你一份,请您指教。因为你曾经研究"盟"的历史,"诅"与"盟"有密切关系,我写成这篇文章,是看到了"彝族"有这种"诅"的巫术受到启发,可惜我看到少数民族有关"巫术"的资料太少。"诅"的巫术,从先秦流行到汉初,汉武帝时还因此发生"巫蛊之祸"。

《先秦思想史》写的怎样了? 很希望你早日写成出版。我在这篇文章中引了不少《墨子》上的材料,由此可见墨家的巫祝确有密切关系,墨家的宗教信仰是从巫祝来的,"天志""明鬼"即由此而来,墨家的思想是由巫祝的思想发展起来的,巫祝深入社会,了解民间疾苦。墨家讲究科学技术,即从"巫术"发展而来,古代所谓"术数"或"数术"是科学技术和"巫术"相结合的,例如天文学、历算与占星术有关。《汉书·艺文志》"术数"一类的书,既包括天文、历算、科技,又包括巫术、占卜等迷信。墨家是从中发展了科学技术,把科学技术从巫术中发掘出来,可知《墨经》中有数学、力学、光学不是偶然的。墨子书中讲守城诸篇,讲到器械方面,也是讲究科学技术的。因此墨家出于"宗庙之守"之说是可信的,"宗庙之守"就是巫祝,我想如果作些深入研究,可以写出极好的文章,我正在修订《战国史》一书,我想把这一看法补充一些进去。

敬祝

健康快乐 工作顺利

杨 宽

1996.4.3

（1998 年 1 月 16 日）

高木学弟如见：

来信早已收到，因忙于完成《西周史稿》的定稿工作，迟复为歉。

最近已经定稿完成，已经分寄到上海和台北两地，将同时出版两种不同版本，所作《后记》中，已经写入与《战国史》后记相同的字句。

承蒙《二十世纪的历史学家们》一书，撰稿介绍我的文章，请按照您所领会的写就好了，十分感激。

所需新摄照片，选取一张寄上。

尾形勇先生前，请代致谢意。

敬祝新年快乐，万事如意。

杨　宽

1998 年 1 月 16 日

致商务印书馆(1 通)

(1955 年 1 月 28 日)

编辑同志:

　　一、拙作《中国历代尺度考》已加修订,"重版后记"也已于春节中写成。为了充实内容起见,原书中所附图版拟加以删补,所需补充图片也特为挑选。

　　二、上述修订稿,"重版后记"及补充图片,已另函挂号寄上。请查收。

　　三、所附上补充图片,制版后,请即寄还。

　　此致

敬礼

杨　宽

一月廿八日①

---

　　①　据孔夫子网上照片。

杨宽、中华书局往还（10 通）

（1961 年 5 月 22 日）

宽正同志：

　　上级领导指示，有关出版社协作，编印"知识丛书"。其中有关中国历史及中国文化遗产方面的读物将由我局承担编辑出版。其书以有中等文化程度县级干部为主要读书对象（适当照顾具有中等文化程度的青年学生），内容着重介绍历史知识，避免空乏议论，文字要求通顺浅显，各定五万字上下。在中国历史读物方面，其中"战国史"一种，拟请您担任编著，至恳应允。您平时工作繁忙，我们当然是了解的。但因这套丛书各方面期望很殷切，领导部门希望在年内先出版几种质量比较高的以作倡导。为此专函商恳，至希拔冗惠予协助。果蒙同意，可否请在本年第三季度内交稿，敬请

示覆为荷。此致

敬礼

中华书局

1961 年 5 月 22 日①

(1961 年 7 月 27 日)

杨宽同志：

五月内，曾寄去一信，请你给"知识丛书"写一本"战国史"历史读物，不知该信是否收到。

我局在今后几年打算出版一批普及性历史知识读物，对象是县级以上干部和具有中等以上文化水平的青年学生。为了出好这套书，需要史学界的大力支持和帮助。您过去在历史知识读物方面是一向关怀，并编写过不少稿的。因此，我们特请您为我们编写一二种这方面的读物，题目可由您自己考虑，如春秋史、战国史或人物传记、科技史方面的题目，我们都欢迎，希望您将考虑的结果予以最近见示。

历史方面知识读物的出版，我们的经验还不够，该怎么搞？应出哪一些较适应需要的题目？希望您也帮助出些主意。如有较适当的作者，亦盼能为介绍。

此致

敬礼

中华编辑部古代史组

1961 年 7 月 27 日

---

① 据孔夫子网上照片。

（1961 年 8 月 10 日）

近代史组负责同志：

五月、七月（编字第 592 号、第 913 号）两函，均已敬悉。

我自三月初起，即参加《辞海》的修订工作，负责"中国古代中世史"部分，因任务繁重，离开原单位，不问外事，集中精力来搞，对外面的来信，也多未答覆，甚为抱歉。

《辞海》的"中国古代中世史"部分有五十万字以上，二稿的修订到今天才告结束。待付印出版后，将于十一月中发往各地征求意见，回来后再修订成定稿，估计在《辞海》未全部定稿出版前，恐抽不出来写书。因此，为你局写稿之事，按目前情况，只好缓议，很抱歉。

待明年《辞海》工作结束后，当考虑为你局写稿。再按当时需要与自己的科研计划相结合，拟定题目，再与你局商讨。

此致

敬礼

杨　宽

1961.8.10

（1962 年 8 月 6 日）

中华书局编辑部：

你处（62）编字第 1691 号来函，敬悉。

你处打算把吕诚之先生遗著《先秦史》《秦汉史》和《两晋南北朝史》三书，利用开明书店纸型重印，极为赞成。最好封面印得如最近出版的《隋唐五代史》一样，使成为一套。

至于校阅一遍改正错字问题，过去开明印此书时，吕老曾亲自校对，错字本来很少，出版后，吕老又曾校读一次，对少数错字有校正（据谈错字很少，校正不多），正请他家属在找。《先秦史》的校本已找到，其他正在找。

你处要我写篇序言，最好在今年完成，自当尽力赞助，当于今年年底前交稿。

关于吕老的遗稿，你局上海编辑所想就近协助整理，吕老生前所写论文和札记很多，数量较大（其中有发表过的，也有未发表的）。整理编辑成书，想必字数很多，如何着手进行，我们想在下星期召开一个会讨论，听说北京有些学者对此很关怀，故附带一谈。

专此，并致

敬礼

杨　宽

1962 年 8 月 6 日

（1962 年 9 月 1 日）

杨宽同志：

上月您来信谈吕诚之先生遗著《先秦史》《秦汉史》和《两晋南北朝史》三种的校正本，已由其家属找到一本，其余两本正在找寻中，不知现在是否找到。想麻烦您和吕老家属联系一下，最好在最近给我寄来，以便安排工作。请您写的序言如能提前完成，更为欢迎，因为我们想争取在今年印出一两种。这几部著作重版，在内容方面自不需作何更动，但想请费神检查一下，有关民族、边界等问题的提出，有

无明显不妥之处？因为我们在审查书中发现有类似的问题，特提请您注意。承您在百忙中给了我们不少帮助，特致谢意。此致

敬礼

古代史组

1962 年 9 月 1 日

（1962 年 9 月 29 日）

杨宽同志：

兹奉上尊著《古史述林》的约稿合同一式两份。如若同意，请填写定稿时间并签字后将其中一份寄还为荷。

敬礼

又，吕思勉先生的三部遗著，也不知进行情况如何，大致什么时候可以完全，便中也请示知。

古代史组

1962 年 9 月 29 日

（1962 年 10 月 25 日）

中华书局古代史组：

尊处（62）编字第 2185 号函，（62）编字第 2451 号函及约稿合同，均已收到。最近因参与《辞海》定稿工作，再加身体欠佳，迟复为歉。

（一）《古史述林（初集）》合同一纸，奉上，请查收。因《辞海》定稿工作任务繁重（担任其中"中国古代中世纪史"主编工作），个人著作及修订工作只能推迟，故定在后年六月完成。

（二）吕思勉先生三部遗著《先秦史》《秦汉史》《两晋南北朝史》，吕先生于生前都曾校订错字，校订本都已由其家属找到，并录成正误表，兹随函附上，请查收。（这三部遗著，当开明出版时校勘本很认真，故错字不多。）

（三）吕思勉三部遗著不免有大汉族主义的观点，但因所叙历史时代较早，其有关民族与边界问题，与现实问题并无牵涉。

（四）关于"序言"，前函曾谈到：三部遗著写三个序言或一个序言都可以。我以为分别写三个序言，对每部书约略分析一下优缺点，比较合适。其中《两晋南北朝史》的"序言"，我同意可请唐长孺同志，由唐同志署名。此次我们成立一个小组对吕老未刊稿进行整理（将由中华书局上海编辑所负责），唐同志亦参与，因唐同志对这段历史研究很精，由他写序言较合适。未知你处意见如何？如认为合适，一方由我写信给唐同志请他帮忙，一方由你出请唐同志执笔。

（五）关于《先秦史》序言，不久即执笔，写好立即寄上。《秦汉史》序言，亦当接着赶写。

专此答复，此致

敬礼

杨　宽

（1962 年 11 月 30 日）

杨宽同志：

十月中旬的来信及《古史述林（初集）》合同，吕老遗著三种的刊误表均已收到。《先秦史》及《秦汉史》的序文当请早写就交下。《两晋南北朝史》的序文，我们同意请唐长孺同志执笔，最近已和他函洽。

请您也直接写封信给他，以促成此事。此致

敬礼

古代史组
1962 年 11 月 30 日

（1963 年 2 月 16 日）

中华书局古代史组负责同志：

1962 年 11 月 30 日（62）编字第 4190 号来函，敬悉。

关于吕老遗著《两晋南北朝史》的"序言"，前曾写信给唐长孺同志请其执笔，唐同志已同意在寒假中起草，想不久当可完成。

关于吕老遗著《先秦史》，为了仔细起见，曾从头到底读了一遍，兹写成第二次"勘误表"一份，请连同第一次勘误表一并校正。《先秦史》的"重版序言"，亦已写成，兹寄上，不知是否合用？关于全书主要的优点缺点已明显指出，书中主要的错误观点亦已明确指出。我以为，重版时加上这一篇比较有分析的序言，可以无问题了，同时对读者也可以有帮助。《秦汉史》的序言待写成后寄上不误。

《先秦史》希望早日出版，此致

敬礼

杨　宽
1963 年 2 月 16 日

（1963 年 2 月 19 日）

杨宽同志：

手书及《先秦史》的重版序言与第二次勘误表俱收悉。此书计划于下月底发印,序即补排,勘误表当照改。

吕老的《秦汉史》希望也由您通读一篇,如有需要改正之处,请于寄重版序言来时一并告诉我们。

您的论文集《古史述林》的编辑工作进行得怎样,可否提前完成,并希便中示知。此致

敬礼

古代史组

1963 年 2 月 19 日

北京大学中文系《管子》校点组、杨宽往还（2通）

（1975年2月9日）

杨宽先生：

　　您好！

　　去年中央召开的法家著作注释出版工作会议决定要对《管子》全书进行校勘和标点。会后成立了由2人、解放军和北大中文系古典文献部分师生组成的《管子》校点组。现在已经半年了。目前，在如何评价管仲这个人以及《管子》书方面，还有不少问题得不到满意的解决，特提出来向您请教。

　　一、关于《管子》成书年代问题。

　　有两种意见。一种意见认为《管子》中最早的作品产生于战国中期，如"经言"各篇反映了齐宣王时代的社会内容，是地主阶级已经夺取政权之后，进而要求统一天下的政治路线的反映。最晚的作品产生于西汉初年,如"轻重"各篇就可能是桑弘羊一派的人编造出来的。因此《管子》一书与管仲这个人没有什么关系。

一种意见认为《管子》"经言"中有些作品产生于春秋时期,最晚的作品产生于战国末期,但也不排斥有个别篇章产生于汉代。《管子》一书不是管仲本人写的,但某些篇里可能保留了春秋时代的某些史料和管仲的某些思想。

以上两种意见都认为《管子》一书与齐国稷下学派有密切的关系。

二、《管子》的哲学思想与道家的关系。

《管子》的哲学思想和《道德经》的哲学思想是什么关系。是先有《管子》还是先有《老子》? 有人认为,《管子》的哲学思想与荀子、韩非不太一样,它更多地体现了"道表法里"的特色,这个看法正确不正确。

三、关于管仲评价的问题。

管仲究竟是哪个阶级的政治家。

一种意见认为管仲是新兴地主阶级的政治代表,是法家先驱。

一种意见认为管仲是奴隶主阶级的改革家,他在历史上起过重大的进步作用,但还不能说是法家先驱。

四、"相地衰征"的问题。

"相地衰征"的具体内容。有人认为,"相地衰征"就是废除了"井田制",那么,它和"初税亩"性质是否一致? 如果性质完全一样,那中国封建地主经济的正式确立是否不应该从公元前五九四年算起呢? 也就是说,奴隶制与封建制的分期应提前到管仲时代。

五、校点问题。

无产阶级文化大革命后,对《管子》全书进行校点还是第一次。

在校点工作中，如何坚持"古为今用"的原则，坚持为工农兵服务的方向，我们还缺乏经验，请您谈谈自己的看法。并附上校点稿 1 份，请批评指正。（其他稿子待刻印好后再寄。）

您的工作一定是很忙，但我们希望您能在百忙之中，对以上问题，尽快给以赐教。妥否，请复示。

致

革命敬礼！

北大中文系《管子》校点组

一九七五年二月九日①

（1975 年 3 月 4 日）

北大中文系《管子》校点组同志：

二月九日来信，早已收到。因为近日来工作很忙，迟复为歉。

你们提出的问题，都是长期有争论的问题，我对此没有作过深入研究，不可能全部解答，也不可能满意地解决，只能提出一些个人看法，提供参考：

关于管子的成书年代问题，与管仲的评价问题，是两个相牵连的问题。主张《管子·经言》一部分是春秋时代著作的，就必须断定管仲代表地主阶级，是地主阶级改革家。反之，就认为管仲是奴隶主阶级改革家。我个人的看法，管仲是个奴隶主阶级改革家，因此《管子·经言》也不可能是春秋时代作品。

---

① 杨宽先生致北大中文系《管子》校点组及北大中文系《管子》校点组致先生函由上海图书馆中国文化名人手稿馆提供原件复印件，特此致谢！

现存有关管仲改革的可靠资料，主要是《国语·齐语》。从《齐语》来看，管仲的改革还在于维护奴隶制，维护奴隶制时代"国""野"对立的制度。这种"国""野"对立制度，也称"乡遂制度"。我曾经写过《试论西周春秋间乡遂制度和社会结构》一文（收入《古史新探》，1965 年中华版）。这种制度是维护奴隶制阶级关系和社会结构的一种制度，管仲"参（三）其国而伍（五）其鄙"政策，把"国"分成二十一乡，包括十五个士乡，"三军"由十五个士乡居民（即"国人"）编制而成，"国人"属于自由民性质，是奴隶主阶级下层，是奴隶主阶级政治上和军事上的支柱。管仲把"鄙"分为五"属"，五属居民（即"野人"）是农业生产的主要担当者，是奴隶性质。"国"与"野"，不仅是两个不同的行政地区，而且是两个对立阶级的居住地位，两者在经济、政治上所处地位根本不同，奴隶主贵族也属于"国"中。到了战国时代，这种制度随着奴隶制的崩溃而瓦解，"国人"和"野人"（也即"庶人"）都已分化，少数上升为地主，大多数转化为农民。"国人"和"野人"的界限实质上已不存在（只有孟轲要复辟，还在鼓吹恢复这种区别），而军队也不象奴隶制时期以"国人"为主力，而以农民为主力。有人根据管仲"参其国而伍其鄙"政策，认为管仲废除奴隶主所有制，建立中央集权的统一国家，显然是错误的。这种由于根本不理解古代"乡遂制度"的本质的缘故。

管仲的改革有一定的进步因素，但是，根本上还是维护奴隶制统治秩序的。"参其国而伍其鄙"的政策，还是这个目的。战争是政治的继续。齐桓公的称霸，管仲帮助创立霸主的目的，也还是要维护当时已经紊乱的奴隶制统治秩序。《孟子·告子下》记载葵丘之会的盟辞，可以证明。例如"初命曰：诛不孝，无易树子，无以妾为妻"，"四命曰：士无世官，官事无摄，取士必得，无专杀大夫"，都是着重于维护奴隶制的宗法制度和世官制度等等。

不能否认，当时已有封建制的因素产生，但尚未占统治地位。"相地而衰征"，当是一种有利于封建制度因素的措施，但是它与"初税亩"不同。因为管仲同时还说："陵阜陆墐井田畴均，则民不憾。"他在主张"相地衰征"的同时，主张各种土地和"井田"分配平均，说明他还要维护井田制。他既要维护井田制，又要推行有利于封建制发展的措施，这是个矛盾。可能是这时井田制正处于瓦解的阶段，还未全部瓦解。两种情况同时并存。还有值得注意的，《荀子·王制》也谈到了"相地而衰政（征）"。荀子在主张"王者之法"的时候，一面说"田野什一"，一面又谈"相地而衰政（征），理道之远近而致贡，……"，把"相地而衰征"区别于"田野什一"，而与"理道之远近而致贡"一起谈，那么"相地而衰征"，不是指田野的什一之税，根本与"初税亩"不同，而是指额外的贡赋。究竟如何解释为妥，还可以商讨。

我同意把《管子》看作战国中期以后，一直到汉初的看法。很可能是稷下各个学派著作的汇编。当时稷下，以道家、法家居多，因而这部《管子》中这方面的著作较多。齐威王自称"高祖黄帝，迩嗣桓、文"（陈侯因資敦），远则以黄帝为榜样，近则以齐桓公为榜样，他们把许多后来的东西推源到齐桓公、管仲，是有原因的。这些，都是很不成熟的看法，都不一定对。请您们指教。

专复，顺致

革命敬礼

杨　宽
3.4

致北京大学《中国古代科学技术大事记》编写组（1 通）

（1976 年 4 月 23 日）

北京大学《中国古代科学技术大事记》编写组同志：

四月五日来信，收到。因近来学习，会议和工作很忙，迟复为歉。

关于《墨经》中的"端"，我同意既是几何学上的"点"，又是物理上的物质粒子的说法。因为从《经上》第 61 到 69 条，综合起来看，如果单纯作为几何学上的"点"，是解释不通的。例如《经上》67 条的《经说》，既说"端与端，但（俱）尽"，又说："坚白之撄，相尽"。"端"与"端"相互交接完全密合，等于"石"中有"坚"，和"白"两种属性的物质粒子彼此相互交接完全密合一样。这里把"坚"与"白"的相撄，和"端"与"端"的相撄等同起来，说明"端"不能单纯解释为几何学上的"点"，关于这方面，我在《墨经选注》（《自然辩证法》75 年第 3 期）作了一些解释，请参考。墨家和名家关于"坚""白"相"盈"或相"离"的争论，就是由此发生的。名家"一尺之棰,日取其半,万世不竭"的说法,也该是对此而发的。

关于《墨经》的解说,从来有很大的分歧,我认为,必须根据全篇结构和上下文义,并联系当时思想界的争论,贯串起来解释,才比较正确。否则的话,把各句孤立地加以解释,就得不到正确结论,也不可能符合原作本义。我的看法,只是一种不成熟的意见,提供参考。未必正确。此致

革命敬礼

杨　宽

4.23①

---

① 据孔夫子网上照片。

致《社会科学战线》编辑部（1 通）

(1981 年 10 月 1 日)

《社会科学战线》编辑部：

一、兹寄上《战国秦汉的监察和视察地方制度》一文，请查收。

二、附上彩色照片一张，请刊出时注明："杨宽教授一九八一年二月在日本讲学时，到西嶋定生教授（左）家中作客。右为尾形勇副教授。"

三、稿件如不合用，请即退还。照片刊登后，请退还给我，因为留作纪念之用。

四、我将于十月底，前往澳大利亚作三个星期的访问讲学，如有联系，或者在本月二十日以前，或者在十一月二十日以后。

此致

敬礼

杨　宽

81.10.1

通讯处：上海永康路 109 弄 5 号。（请勿寄学校中，因每星期只去一次，恐有耽误。）

中国社会科学院历史研究所致杨宽（1 通）

(1988 年 3 月 3 日)

杨宽先生：

　　您给我所的信和材料，我们都收到了。

　　关于您在材料中所谈的问题，一九八〇年复旦大学历史系主任姜义华同志来京时，我所林甘泉同志曾向他谈过我们所了解的情况和我们的态度，想他已向您转告。

　　至于一九八七年陈汉平在安阳"中国殷商文化国际会议"上送人材料一事，我们已仔细作了了解。陈送人材料，我所参加该会议的人员事先并不知悉，纯系他个人在会下的活动，特此向您说明。

　　专此　祝

新春康泰

中国社会科学院历史研究所

一九八八年三月三日

致上海古籍出版社（3通）

(1988年12月12日)

上海古籍出版社领导同志：

目前国内出版事业不景气，印刷纸张费用飞涨，而学术著作销路下降，出版必然赔本。国外报刊对此多次议论，并深感不安。我对此十分理解此中原因。

拙作《论都城制度发展史》一稿，承蒙你社几经编辑会讨论，继续留用，深受爱护，极为感激。但经我仔细考虑，觉得应该乘此付排之际，恳求将原稿收回，仍请陈泮深同志代为领回。事出不得已，尚请原谅。待将来出版事业复兴，要是出版学术著作时，倘有新著完成，仍当请求贵社出版。

专此提出恳求，务恳许允为荷。此致
敬礼

杨　宽
1988.12.12

(1989 年 1 月 12 日)

上海古籍出版社领导同志：

上月下旬曾请姜俊俊同志转成一函，想已奉达左右。

贵社多年出版工作，对学术界贡献极大，这是有目共睹的，素所钦佩。近年来由于经济改革未能达到预期的成效，造成出版事业的不景气，致使学术著作积压不能出版，这种情况是为我们学术工作者所理解的，为此请求把拙作《中国都城制度发展史》一稿即日退还给我，仍由原经手人，我的亲戚陈泮深同志领回。关于此点，前函已说得很明白，想必定能允许。

我们这些学术工作者，往往只从学术发展着想，两年多前，我曾推荐出版重印唐大沛《逸周书分编句释》稿本。为发展学术，我愿意代为复印，不要酬劳，并由我付出复印费用，曾请姜俊俊同志请示贵社领导，经复函，表示赞许，我当即请人快印，并航空立即寄出，但两年多时间很快过去，至今尚未见音讯。在当前的情况下再请重印，当然是不现实的，因而前函不再提它。令人遗憾的是，昂贵的复印费用与航空寄费白白花费，原来的一片好意尽付东流。幸而贵社未曾为此制版而积压，未曾造成经济损失。正是有鉴于此，拙作《都城史》一稿，请求即日退还。

拙作《都城史》一稿，此时请求退还，是顺理顺章的事。想必定能许允。此稿虽曾请姜俊俊同志请示领导而同意接受出版，但并未签有契约，因而按理是可以请求退还的。此稿虽然留在贵社已有多时，但至今尚未付排，尚未因此而造成任何经济上的损失。既然不能及时出版，此时退还拙作是合乎情理的。何况作者是贵社的老作者，彼此素来有深厚的友谊，此时退还作者，正是妥善解决的办法。免得以后更长时期的拖延，弄得成为僵局而难以解决，甚至造成不愉快。

以上所说可能是多余的。务恳将拙作《中国都城制度发展史》一稿，即日退还给我，仍由陈泮深同志领回。不胜感盼。

此致

敬礼

杨　宽

1989.1.12

（2000 年 5 月 21 日）

上海古籍出版社社长和总编辑同志：

承蒙贵社在 1985 年出版拙作《中国古代陵寝制度史研究》一书，在 1993 年又出版拙作《中国古代都城制度史研究》一书，印刷精美，发行甚广，非常感激。

我年事已高，目前正在想为平生历年著作做好总结的工作，因为我历年著作，大多数是由上海人民出版社出版的，为了方便起见，我要请上海人民出版社把我已出版的大小著作全部重印，在每册封面上加印小标题"杨宽著作集"第几种，为此要恳请上海古籍出版社特别为此出信一封给上海人民出版社，表示无条件的让给上海人民出版社重印上述《中国古代陵寝制度史研究》与《中国古代都城制度史研究》两书，从而玉成此事，不胜感盼。

非常感谢诸位领导同志的大力帮助和支持。

敬祝

事业蓬勃发展

杨宽敬上

5 月 21 日，2000 年

杨宽、上海图书馆往还(3 通)^①

(1991 年 4 月 4 日)

上海图书馆负责同志：

　　本人在上海寓所(雁荡路 18 号 47 室)所存图书，原为本人研究所用，原拟待晚年研究工作告一段落后，全部捐献给公共图书馆，以供众览。最近因有关方面限期返回寓所，本人因故暂时尚不能返回，决定将所有图书提早捐献，以便将寓所归还房管所。为此特请陈泮深同志代为办理捐赠手续。

　　捐献办法拟分两步：

　　(一) 先请贵馆派员约期到雁荡路寓所，由陈泮深同志陪同下，清点全部图书，编造捐赠图书清册，每本书上盖上"杨宽捐赠"四字图章。

---

　　① 杨宽先生致上海图书馆函由上海图书馆中国文化名人手稿馆提供原件复印件，特此致谢！

（二）因为这批图书中有许多木刻本，所编造的捐赠图书清册必须详记版本。待清册初稿编成后，请先复印一份，交由陈泮深同志寄到我处，经我认为确当，回信给陈同志以后，再由贵馆派员按清册点收运走，并盖上公章作为正式收到凭证，交付陈同志。

兹请陈泮深同志亲自前来洽商捐献手续，敬请接待。此致
敬礼

杨　宽

1991.4.4

（1992 年 2 月 29 日）

上海图书馆朱庆祚馆长同志：

去年四五月间，我请陈泮深同志代为办理本人在上海雁荡路寓所（18 号 47 室）所存图书全部捐出，捐献手续分为两步。承蒙派出小组，认真清点，编造清册，详确注明版本册数，妥善办理。并蒙来信道谢，甚为满意。当时因雁荡路寓所无人看管，其中部分重要图书，为了防止遗失，曾移存别处。现在继续请陈泮深同志代为办理捐献手续，全部捐献完毕，捐献手续仍如前次一样，分为两步。

（一）先请贵馆派出小组到陈泮深同志寓所，在陈同志陪同下，清点全部图书，编造清册，每一本书上盖上"杨宽捐赠"图章，此事必须认真做到。上次亦曾有此要求，请核查。

（二）这批图书数量较上次为少，但很重要，所编造捐献清册必须详记版本册数，请先复印一份，交回陈同志寄到我处，经我认为正确无误，完整无缺，回信给陈同志以后，再由馆方派员清点运走，并盖上公章，作为正式收到凭证，交付陈同志。

兹请陈泮深同志亲自前来洽商捐赠手续，敬请接待。此致
敬礼

杨　宽

1992.2.29

（2003 年 2 月 12 日）

上海图书馆中国文化名人手稿馆馆长：

承蒙选取我留在上海旧居的一些手稿。我五十年代以来所写全部
著作共十二种，现在寄上十种，因为此中一种《中国上古史导论》收入《古
史辨》第七册上编，手边没有保存，另一种《杨宽古史论文选集》即将出版。

（1）《墨经哲学》

此书 1942 年 8 月（抗日战争时期）由四川重庆正中书局出版，
1946 年抗日战争胜利后，由上海正中书局出版，封面和版权页上作
者都误作"杨霓"。蒋维乔序文称"青浦杨宽"，不误。侯外庐《中国思
想通史》所引亦误。任继愈《中国哲学发展史》所引不误。近年南京
大学杨俊光《墨经研究的一个卓越成果》一文（《南京大学学报》1986
年增刊）对此有好评。现在提供的就是此书复印本。《墨经》确是墨
家有系统的哲学经典著作。近年有人断章取义，用现代科学加以解
释，我认为出于误会与附会。

（2）《战国史》与《战国史》增订本

《战国史》1955 年 9 月上海人民出版社出版，280 页。同时香港
就出现三种盗版，现在提供的一种，就是自称"香港文昌书局百灵图
书公司"出版的盗版。

1980 年 7 月上海人民出版社出版简体字《战国史》增订本，605

页,同时台北商务印书馆出版繁体增订本,740 页,2001 年 11 月第七次印刷。

(3)《战国史料编年辑证》

作为战国主要史料的《战国策》,原是战国时代纵横家书,所记述的都是战国时代纵横家在七国之间游说,讲究计谋策略和权变历史故事,以供纵横家后学的学习。此中有著名纵横家真实的作品,亦有夸大其辞,随意附会,甚至假托虚构的,抑有记载有出入,传闻异词。例如著名纵横家张仪、苏秦向七国君主游说的长篇大论,此中就有真伪之别。司马迁早已有见及此谓"世言苏秦多异,异时事有类此者皆附之苏秦"(《苏秦列传》末段)。但《史记》仍不免以真为伪,以致真伪颠倒,因此战国史料必须编年排比,细加考订。此书上海人民出版社在 2001 年 11 月编排为简体字本,共 1195 页,台北商务印书馆在 2002 年 2 月编排为繁体字本,共 1182 页。

(4)《秦始皇》

我认为秦始皇帝(或简称为秦始皇),在中国历史上创建统一的中国集权国家的过程中关系重大,从此中央集权的统一体制成为常规。因而写成这本小书由上海人民出版社出版,124 页,1959 年 5 月第八次印刷,印数是 73 001—82 550。我曾重加修订,修订稿共 128 页,但未付印。我现在提供的就是这部未出版的修订稿。

(5)《古史新探》

此书 1965 年 10 月北京中华书局出版,共 370 页。此书重点在于探讨西周、春秋时代的生产、社会结构、贵族组织以及多种礼制。这是我早年研究西周、春秋时代历史的成果。同年香港就发现一种盗版,自称"嵩华出版事业公司出版"。现在我提供的就是 1965 年中华书局所出原版以及香港的一种盗版。

(6)《中国古代冶铁技术发展史》

关于中国古代冶铁技术的发明和发展,不仅是中国科学技术发展史的重要部门,而且是中国古史研究的重要课题,因为它直接关系到生产工具的改进,而且关系到生产力的提高和发展。

中国古代文明,所以能够很早的高度发展,是由于科学技术,特别是生产技术的高度发展,尤其是生铁冶炼技术的高度发展,中国生铁冶炼技术的发明,要比欧洲早一千九百年,因为这个问题非常重要。我曾长期从事这方面的研究,先后发表了三本这方面的专门论著,1956 年 10 月发表了《中国古代冶铁技术的发明和发展》(上海人民出版社出版,113 页),1960 年又发表了《中国土法冶铁炼钢技术发展简史》(上海人民出版社出版,232 页),1982 年 10 月更发表了《中国古代冶铁技术发展史》(上海人民出版社出版,306 页)。这部冶铁史的著作,很为科学技术的专家所赞许。1989 年 11 月在北京召开的"首届全国科学技术史优秀图书评选委员会"上,得到了荣誉奖状。

(7)《中国古代陵寝制度史研究》

这是考古方面的一个重要研究课题。1976 年 12 月,日本东京大学教授西嶋定生首次来到上海访问,承蒙他邀请我前往日本访问和讲学。他希望我到日本发表关于坟丘墓如何发生与发展变化的看法。我于 1981 年 2 月 12 日应邀前往日本访问,邀 17 日我在东京大学东洋文化研究所,作学术演讲,讲题是《中国古代陵寝制度的起源及其演变》,承蒙西嶋教授约定,待我回国把讲稿整理补充后,即寄来日本,准备译成日文在日本出版,经协商,书名《中国皇帝陵的起源与变化》,日本学者们认为,以未刊讲稿先译成日文在日本出版,这是中日文化学术交流中的创举。接着参与翻译的女学生太田侑子和原在上海复旦大学留学的学生高木智见在我指导下有目的、有计划地进行考古调查。后来我又写成多篇论文，汇编成《中国古代陵寝制度史研究》一书，由上海古籍出版社出版。

（8）《中国古代都城制度史研究》

第三十一届亚洲北非人文科学会议决定在 1983 年 8、9 月间在日本东京召开，其中第一部会讨论各国都城的历史。我在年初接到邀请的请帖，我认为在这样的国际学术会议上，发表自己对祖国都城历史的研究心得，应该认真对待的。在 4、5 月间我乘带领研究生进行教学实习的方便，考察了历代重要都城的遗址，承蒙各地考古单位和文物保管单位热忱招待，并引导到现场作具体说说。经过有系统的考察，使得我们对文献和考古资料进一步的结合起来。从整个都城发展历史来看，前后有两个阶段，从先秦到唐代的"封闭式"转变为宋元以后的"开放式"，这是社会经济文化不断发展的结果。宋元以后的都城基址至今还在延续使用，今天的城市建设往往就压在宋元明的基址之上，如何适当地保留，这是应该深入探讨的。

（9）中国历代度量衡的变化表

1935 年上海市政府在江湾地区创设新的市中心区，并且在那里创设"上海市博物馆"和"上海市图书馆"。博物馆的馆舍 1936 年 4 月落成，1937 年元旦博物馆开幕，我被聘为艺术部研究干事主持艺术部研究工作。我写成了《中国历代尺度考》一书，由博物馆领导干部送交上海商务印书馆出版，共 121 页。1955 年北京商务印书馆出增订本，重新排印，共 107 页。这是第一部考证中国历代尺度变迁的著作。但是这本书现在已无用，因为历年来出土古尺不少，需要重新加以测定。同时我们认为，不仅尺度要讲究从新测定，对历代的度量衡都需要测定，因此我们重新编定中国历代度量衡变化表。

（10）钻研西周史料和著作《西周史》

西周时代的政治文化是在夏商二代的基础上有了进一步光辉灿烂的发展，孔子所谓"周监于二代，郁郁乎文哉，我从周"。但是要踏实钻研西周史料，很是个难题，现存的西周主要史料《诗》《书》《礼》《乐》，都已经过儒家重新编选和修订，有其儒家的局限性。现存西周史料，既有儒家的局限性，而且缺乏西周中期和后期的资料，因此现存的五百篇以上的西周金文（铜器铭文），尽管长的铭文不多，大多是小篇，还是十分重要。

儒家所传西周"经典"性质的礼书如《周礼》（或称《周官》），实际上并非西周的典章制度。我们依据大量西周金文所载"册命礼"中"右"者官职及其所属受命者的官职关系，从而考定当时朝廷执行大臣的组织体系，执政大臣有公、卿两级，早期公一级有太保、太师和太史，卿一级有司徒、司马、司工、司寇、太宰、公族。这与《周礼》根本不同。

我们研究西周史，很有必要以西周可靠文献结合西周金文加以考订，参考儒家所传礼书作综合比较和分析研究，从而得出正确的结论。

例如西周王朝有"司土"（司徒）的官职，主管藉田。《盠簋》载："王曰令女（汝）作司土，官司藉田。"《令鼎》载："王大藉农于淇田。"西周贵族歌颂"大田"上集体生产的诗篇不少，可知当时实行着"井田制"的生产方式，确实存在"十千维耦"，"千耦其耘"的集体耕耘的大场面。

杨宽敬上

时年九十

二○○三年正月十二日

致第二届墨子国际学术会议（1通）

（1994年8月）

尊敬的第二届墨子国际会议的大会主席和出席的专家学者们：

当此大会开幕之际，预祝大会之成功。

墨子是中国先秦诸子中杰出的伟大思想家和实行家，在中国思想史上第一个有系统地发表改革人类社会和政治、经济、文化的见解，一贯主张"兼相爱而交相利"是神圣的人类社会共同的公正法则。此次国际会议的召开与讨论，将使这种公正法则进一步发扬光大，有助于人类社会的和平发展，从而加强国际间的合作和繁荣经济。

兹请李绍崑教授带上我的热烈的祝贺。

杨　宽

1994年8月①

---

① 任继愈、李广星主编：《墨子大全　第三编（第70册）》，北京图书馆出版社 2004年版，第 12 页。

杨宽、上海人民出版社往还（15 通）

（1998 年 4 月 16 日）

上海人民出版社社长和编辑同志：

拙作《战国史》新版，承蒙精心设计，认真校订，所出精装本很是精彩，极为感激。

《西周史稿》与《战国史料编年辑证》两稿，想必正在付排中。《西周史稿》是这段历史的第一本专门著作，想必出版将为学术界所重视。审稿同志希望多增图版，极为赞成，这将使此书更加出色。历年出土西周文物，主要是精美的青铜器，上海博物馆中陈列有大量这方面的文物，特此恳请编辑同志从两方面加以补充：

（一）历代出土西周文物，主要是青铜器，都是陕西省出土，陕西所出青铜器已有精印的图集出版（我手无此书），请从中挑选若干精美的补进去。

（二）特请上海博物馆马承源馆长指导，挑选今年新发现的重要西周文物，帮助取得照片加以补充，专此摆脱，非常感盼。

杨宽敬上

一九九八年四月十六日①

（1998年5月）

上海人民出版社社长和编辑同志：

拙作《西周史稿》的书名，同意删去"稿"字，使与《战国史》一律，同时印刷规格也请一律。我也通知台北商务，请同样删去"稿"字，他们预定七月出书。

《西周史》请增补一小段，并改正一错字，见附上一页。并请附上一页。并请增补两幅"西周石磬"的图。

诸多麻烦，此致

敬礼

杨　宽

1998.5

（1998年6月4日）

上海人民出版社社长和编辑同志：

拙作《战国史》增订本，承蒙精心设计，自信校勘，印刷精美，颇为国内外学术界与出版界所赞许，极为感激。

最近发现图版上还有些错脱，为求完美起见，尚请下次印刷时改正。

---

① 　以下四封信由李远涛老师提供，特此致谢！

第 393 页"图五十二　赵燕共相乐毅破齐示意图",图中左方上部有长方块说明:

赵燕共相乐毅率

五国之师灵丘大　　中行"灵丘"上脱"由"字,请补上△

破齐军于济西

中部另一长方形说明:

秦将蒙骜攻拔河　　"攻拔"下衍"河"字,请删去△

齐河东九城

另外第 79 页"图十三牛尊"说明,第二和第三行之间"《中国古青铜选·上海博物馆藏青铜器》"著录,"《中国古青铜选"脱去"》"。上海博物馆藏青铜器著录脱去"《"。

专此,此致

敬礼

杨宽敬上

一九九八年六月四日

(1998 年 10 月 5 日)

上海人民出版社郭社长、李远涛先生:

拙作《战国史》增订本,承蒙审阅校正,印精装本,装璜大方,非常感激。正在赶印的《西周史》,希望规格相同。

台北商务版《西周史》已看到三校清样(共八百四十多面),尊处的《西周史》也希望早日发行。我曾在看台北版《西周史》清样时,作过一些修订,特别是原稿"第三编　第四章"的注解剪贴有误,因此作了较多修订。兹寄上《西周史稿本的修订》一份,敬请同样修订,诸多麻烦,很是感谢。

李先生建议《西周史》第二编第四章改作第三章附录,很是合适,台北版《西周史》,我看清样时亦已照改,使彼此统一。

李先生建议《论文选》不包括《战国史》和《西周史》已收入的,我原来计划就是如此,不收重复相同的内容。

拙作《战国史料编年辑证》,自以为学术价值很高,从此使得年代混乱、真伪混杂的战国史料,分辨清楚,可以作为今后研究的新基础。台北已开始这部大书的作业,希望尊处亦早日进行,使先睹为快。

《战国史》,海外很有销行,台北已经第四次印刷,未知国内如何。

此致

敬礼

杨宽敬上

1998 年 10 月 5 日

(1999 年 10 月 23 日)

上海人民出版社郭社长和总编辑同志①:

承蒙先后出版《战国史》与《西周史》,校勘精细,印刷精美,甚为感激。我希望将来《战国史料编年辑证》与《古史论文选集》采用同样规格,使成一套。

拙作《古史论文选集》承蒙接受出版,今签字奉上合同,希望能早

---

①　杨宽先生致上海人民出版社函及上海人民出版社致先生函皆由刘影老师和李远涛老师提供原件复印件,特此致谢!

日出版。尊处要从中删去十多篇，此中确有多篇的观点，《战国史》上已讲到，我同意删去。此中有些论文，别的论文集已收入，如《黄巾起义与曹操起家》已收入《曹操论集》,《论康熙之治》已收入《明清人物论集》(四川出版)，我的选集中不收也可以。

此中《论太平经》和《论白莲教的特点》两文希望能够收入，不要删去。因为这两篇文章是我用力之作，当年得到对此有研究的吴晗先生的赞赏。如果这种讨论历史上"农民战争"的文章，目前不适宜发表，也可以同意删去。

这本《古史论文选集》中，并无"文革"时的作品。任何"政治运动"中的文章，一概都未收入。收入的都是学术上的讨论。我出版这本选集的目的，只是为了总结我的学术工作，希望藉此能对学术方面作一点贡献。

我很高兴的是，《战国史》台北繁体字版，上半年度已告诉我进行第五次印刷，并寄来了第五次印本。《西周史》台北繁体字版已于今年四月发行，第一次印刷亦已销倾。此中有转销到国外的。近来接到日本学者来信祝贺，他们都在日本买到了繁体字版的《西周史》和《战国史》。

多蒙出版社同志出力，克服了书中多"古字"的印刷困难，使得拙著能够发行到国内外，十分感谢。

敬祝

出版事业蓬勃发展

杨宽敬上

1999.10.23

（2000 年 2 月 14 日）

上海人民出版社郭社长和总编辑同志：

　　承蒙继《战国史》之后，出版《西周史》，目前正在赶排拙作《战国史编年辑证》、《古史论文选集》等书，各方面反映不差，非常感激。台北商务也正在赶排各种繁体字本。据说《战国史》与《西周史》在台北也有热烈欢迎的读者反应。

　　最近看到《考古与文物》1999 年 6 月号上，封面的里面，有陕西神木县大保当乡出土汉画像石"春神画像石"图版，底面的里面又有"秋神画像石"图版。请即翻印，印在我的《古史论文选集》四卷的讲"神话传说"的一卷中的《楚帛书的四季神像及其创世神话》一文的结尾"后记"一段中，当然不必印彩色的，黑白分明就很好了。

　　因为这篇文章是我近年新作的文章，比较重要，同时能多印些插图，对这个论文集是需要的，容易引起读者注意。

　　诸多麻烦，非常感激。

　　此致

敬礼

杨宽敬上

2 月 14 日，2000 年

（2000 年 8 月 14 日）

上海人民出版社郭社长和总编辑先生：

　　多年来承蒙照顾，我历年写作大部分是由贵社出版的。

现在又蒙同意汇编重印我已出版的论著,称为《杨宽著作系列》,非常感激。

经再三考虑,决定请求重印下列十种书:

(一)《中国上古史导论》(原收《古史辨》第七册,共 356 页)

(二)《西周史》(贵社 1999 年出版,870 页)

(三)《战国史增订本》(贵社 1998 年出版,738 页)

(四)《战国史料编年辑证》(贵社即将出版)

(五)《中国古代冶铁技术发展史》(贵社 1982 年出版,302 页)

(六)《中国古代都城制度史研究》(上海古籍 1993 年出版,613 页)

(七)《中国古代陵寝制度史研究》(上海古籍 1985 年出版,263 页,已同意转交贵社出版)(上述两书都有日本文的翻译本)

(八)《墨经哲学》(重庆正中书局 1942 年出版,上海正中书局 1946 年再版,199 页)

(九)《中国历代尺度考》(上海商务印书局 1938 年出版,北京商务印书馆 1955 年重印,107 页)

(十)《杨宽古史论文选集》(贵社正在排印中)

上述十种书中,据说贵社同意重印八种,此中(一)《中国上古史导论》和《中国古代冶铁技术发展史》不同意重印,我想这是出于误会,其实这两种书正是我著作中特别重要的。

《中国上古史导论》是我早年的代表作,四十年代不仅对国内学术界影响很大,而且在国外学术界有深远影响。一九四六年日本著名历史学家贝冢茂树发表《中国古代史学的发展》一书,就已指出"从疑古派中出现了像杨宽先生这样的人物,在充分摄取释古派的方法和成果的同时,正积极开拓一个可以推动现代古史研究前进途径,可以称为'新释古派'的新境地"(日本宏文堂 1946 年出版),主要就是指这部《中国上古史史导论》而言的。

《中国古代冶铁技术发展史》是我所有著作中科学性最强的,颇为国内外科技史专家所赞许,如英国的李约瑟来访时,曾因此邀请我和他谈了半天。不仅一九八六年得到了"上海市社会科学著作奖",而且在一九八九年十一月首届全国科技史会议上,得到了"首届全国科技史优秀图书荣誉奖"。这个"荣誉奖"是由会议先送到上海人民出版社,再转送到我处的(当时我不在国内,未参加这次会议)。

上述两书是国内外学术界重视的著作,务恳列入我的"著作系列"。我为了便于读者理解,我对重印《中国上古史导论》《中国古代冶铁技术发展史》和《墨经哲学》分别写了新的《前言》。

我同意贵社提出重印全部我的"著作系列"十种,作者不收取稿酬,同时贵社同意这十种书签订重印合同之后,半年内全部重印出版,因为十种书都是早已排版的,重印之后,只要换上新的统一的封面,在每册书名之外,加上"杨宽著作系列 1 或 2、3……10",即可。

我请陈泮深同志为我全权代表,由他代表我与出版社立即签订合同。

　　此致
敬礼

杨宽敬上

2000 年 8 月 14 日

（2000 年 11 月 10 日）

上海人民出版社社长和总编辑先生：

　　10 月 25 日来函敬悉。贵社出于整体考虑，对《杨宽古史论文选集》篇目与单行本专著有重复者，欲作调整，提出删削办法四点，很是赞成，希望早日付印出版。

　　第一点《西汉长安布局结构再探讨》等八篇文章，都已全文收入单行本，当然应该撤选。第二点《中国古代陵寝制度的起源及其演变》《西安长安布局结构的探讨》《综论古代尺度》《唐大小尺考》《宋三司布帛尺考》，贵社以为"具体内容可在专著内部调整"。希望贵社与单行本专著比较一下，把这些文章中的补充见解作为附录。

　　至于《秦始皇陵园及其兵马俑》不够"论文"性质，可以不收入。至于《中国历代度量衡的演变》三表，可以作为《中国历代尺度考》的附录。至于《中国历代户籍、人口、垦田总数表》也可以不收入。

　　希望调整后内容比较紧凑，便于读者阅览。

　　专复，此致

敬礼

杨宽敬上
2000.11.10

（2000 年）

上海人民出版社郭社长和总编辑同志：

　　拙作《古史论文选集》承蒙接受出版，非常感激。此中《秦诅楚文所表演的诅的巫术》一文，我认为很重要，最近细校此文，发现原刊有一错字。原刊《文学遗产》1995 年 5 期的这篇文章第 3 页，第十八行："皇天上帝及大神厥渊之邮祠、圭玉、羲牲。"此中"渊"字是"湫"字之误，请改正。同时还请在文前增加插图，计有"汝贴本《诅楚文》石刻"四页，"绛贴本《诅楚文》石刻"二页。为了节省篇幅，此六页石刻尽可能缩小，只求笔划清楚就可以。同时寄上汝贴本《诅楚文》和绛贴本《诅楚文》的说明，亦请与插图同时刊出。

《诅楚文》石刻，从元代以来，长期有人怀疑，认为出于后人伪造，近人还有写长篇论文辨伪的，其实确是正品，不可抹杀。

诸多麻烦，此致

敬礼

杨宽敬上

（2001 年 2 月 14 日）

上海人民出版社编审同志：

承蒙将拙作诸书汇编成一套丛书出版，非常感激。此中《墨经哲学》一书，是四十年代抗日战争时期在重庆、上海先后出版的，采用"双行夹注"的古老格式，现在重新改排，使面目一新，很是感谢。

承蒙对《墨经哲学》提出下列修订意见，都是正确的。

（一）原九八页注"诗殷其靁"，原刊"靁"字模糊，即古"雷"字。

（二）九九页第一行"尽，《小尔雅·广言》云：止也"。按《孔丛子》有《小尔雅》一篇，此中有《广言》一章。

（三）——八页第五行夹注"唐大周刻石心经"，应标作《唐大周刻石·心经》，因《心经》是刻石的一种。

（四）——九页第二行"捷与枉之同长"，"捷"当改作"捷"。

（五）一四四页末尾夹注"光华大学半月刊"，七字为刊物名称。

（六）一七八页末行"买当为黾"，末字原刊模糊。

（七）一九八页双行夹注第二行"荀子儒教"，"教"当改为"效"。

（八）一九九页第五行双行夹注"圣，唐武后作瞾"，请按据《资治通鉴》卷二〇四永昌元年条胡注："永昌元年则天改'圣'为'瞾'"。麻烦编审同志，请查对原刻改正。

（九）九九页、——九页、一九八页"伍非伯"，"伯"应改作"百"。诸多麻烦，敬请改正。

杨宽敬上

二月十四日

（2001 年 6 月 8 日）

杨宽教授：

您好！今有一事，欲与先生商议。大作《西周史》《战国史》作为"断代史系列"的一部分，已先行出版，反响不错，其余收入"杨宽著作系列选"的六种本应与之保持同一规格，使成一套，但《中国历代尺度考》《墨经哲学》两书皆不足 10 万字，精装显得单薄，且势必抬高成本，只能出平装。如若平装，又与整个系列规格不统一，总觉得不免左右为难，有些尴尬。

先生之《中国历代尺度考》作为我国第一部古代尺度通史专著，影响深远，但是迄今半个多世纪，资料条件和研究状况毕竟都发生了很大的变化。特别是郭正忠先生《三至十四世纪中国的权衡度量》（中国社会科学出版社 1993 年版）一书的出版，对于汉魏至宋元——中国古代度量衡最为辉煌、也是器制变迁作为频繁和剧烈的阶段，进行了全面详细的考证和论述。全书长达 460 页，并附有大量图表，成为目前很多学者的案头工具书。而《墨经哲学》的主要观点和思想，实际在《杨宽古史论文选集》卷八关于学术思想的论述中已有较充分的表露。

基于以上的考虑，建议先生还是不收入这两书为好。如蒙先生同意，那么另四种书全部出精装本，可以争取年内出齐。未知尊意如何。

另，大著《杨宽古史论文选集》行将付印，征得先生同意，对原稿内容作了局部调整，相应目录也有一些变动。除已删削篇目，还欲作两点调整：

1. 卷三篇目较多，且《论秦汉分封制》及前共六篇，均为论述先秦、秦汉政治制度；而其后关于《战国纵横家书》、梁惠王年世、越国灭亡年代的三篇，都是考证文章，似可分作两卷。

2. 建议卷二、卷三次序颠倒，则首列经济制度，次及政治制度，余皆具体考证，卷末学术思想，体例更为整齐。

总共八卷，附录如下：【略】

此致

敬礼

上海人民出版社

2001.6.8

(2001 年 6 月 28 日)

上海人民出版社社长和总编辑同志:

六月八日贵社来信,敬悉一切。承蒙告知《西周史》《战国史》出版后,反映不错,拙作《系列选》中其余诸书,都将保持同一规格,成为一套。这一措施,非常感激。

大函建议《系列选》中,不收入《中国历代尺度考》和《墨经哲学》。我同意取消《尺度考》,因为近年来考古出土古尺较多,学者已据此作了进一步详细考证,我的旧作已无用。

但是《墨经哲学》不同,此书至今仍有学术价值,而且仍为这方面学者所重视。例如南京大学的杨俊光于 1986 年,在《南京大学学报》的"增刊"上发表了一篇长文,题为《墨经研究的卓越成果——杨宽先生〈墨经哲学〉读后》。我原来不认识杨俊光,读了此文,才知道他对《墨经》作过研究,是根据研究成果而作评论的。

多年来有不少人对《墨经》,用现代自然科学作解释,很多穿凿附会,我很反对。其实《墨经》(即《墨子·经上篇》)确是有系统地叙述了墨家的思想体系,既有章节讲人生哲学,又有章节对自然界作了比较详细的分析,因此我这部书定名为《墨经哲学》,表明我是反对穿凿附会的。

多年来不少人对《墨经》的解释,采取"断章取义"的办法,不顾上下文句的意义,别作新解。我这部书是把《墨经》分成许多章节,贯穿起来,分别立了标题,逐句连贯起来解释的。我认为,惟有这样连贯起来作有系统的解释,才能表现作者的主张。

这部书是抗日战争时期写成的,我托老师蒋维乔先生介绍出版的,1942 年他写了一篇序文,介绍给四川重庆的正中书局出版,共 211 页。抗日战争胜利后又由上海的正中书局再版。重庆出版的此书,封面上作者误作"杨霓",因此后来侯外庐的《中国思想通史》和詹剑峰《墨家的形式逻辑》,都引作"杨霓"。上海出版的此书也同样错误。我曾写信给上海正中书局请求更正,上海正中书局才把"霓"字贴改成"宽"字。好在蒋维乔的序文上没有印错。

正因为这部书的作者有过错误,作为我的系列著作中,必须有这部《墨经哲学》。同时我自认为这部书在我的一系列著作中,确是很有创见的。

来信讲到《杨宽古史论文选集》要作两点调整,我都赞成,为了出版我的著作系列,贵社同人很多费心,十分感激。

此致
敬礼
《墨经哲学》原本印成一册,请印精装本,同一规格。如感到单薄,此中所有《墨经》原文,请用大一号排印,解释古书的著作,常用这样的体例的。

杨宽敬上
2001 年 6 月 28 日

(2001 年 8 月 10 日)

上海人民出版社编审同志:

承蒙寄来《杨宽古史论文选集》初校的校样,已约略看过,此中有些不常用的古字,比较麻烦,敬请特别留意。239 页末行、294 页和295 页开头二行,都是正文,请改大字。

（1）151 页 17 行"辛未才（在）阒自"，151 页 22 行"第八天就到阒自"，151 页 24 行末句"如同牧自"。三个"自"字都请改"自"。

（2）157 页 16 行"……樊函郑矢等十二国"，167 页 7 行"［矢］西周姬姓之国"，二个"矢"字，都请改"矢"。

（3）224 页 6 行"薄姑、蒲姑、考古"，224 页 14 行"考古咸戋，考古即薄姑"。三个"专"字都请改"專"。

（4）226 页 9 行"称为母丘"，"母"请改"毌"。226 页 16 行"取母丘，《索引》母音贯，古国名，卫之邑"。三个"母"字，都请改"毌"。

（5）291 页末行倒数 11 行"当画日中处于庙"，"画"请改"昼"。

（6）293 页末行"总上所论，鸟神伯夷传说之分化演变有如下表"。此三句原为正文，不是小注，请另起一行，改为正文（大字）。

（7）294 页和 295 页开头二行，都请改为大字，因为都是正文，并非小注。

杨宽敬上

二〇〇一年八月十日

（2001 年 8 月 17 日）

上海人民出版社郭社长和编审同志们：

多年来承蒙出版发行我的著作，非常感激。

今天阅读《杨宽古史论文选集》校样，感到有两点要请删去：

（1）校样《序言》第 3 页第 8 行"现在台北正中书局继续发行此书"一句，因事过境迁，请删去。

（2）校样第 399 页插图"日本梅原末治所发表的长沙出土木雕怪神像"，原版图像模糊，请删去。

我要请问《战国史料编年辑证》，什么时候能够排出校样，什么时候能够出版发行？

承蒙许允出版的《杨宽著作系列选》全套，计划在什么时候开始陆续出版，什么时候全套出齐？我希望早日看到，请将贵社的计划告我。

十分感谢贵社同志们，特别是领导同志，为出版我的著作而所作的努力。

诸多麻烦，此致

敬礼

杨宽敬上

二〇〇一年八月十七日

（2001 年 8 月 23 日）

杨宽教授：

您好！来函敬悉。我社六月八日去函，与先生商议在"杨宽著作系列"中，《中国历代尺度考》与《墨经哲学》不作为单行本收入。先生表示同意取消《尺度考》，但以为《墨经哲学》乃关键性著作，且郑重说明：不同意从一系列著作中割去《墨经哲学》。恐先生有所误会。

我社绝非认为先生欲以一字数较少的著作硬挤入"系列选"中，实是基于《墨经哲学》原书不足七万字，单面不过两百页，字大行疏，横排简体还需缩小一号（原书正文已为四号宋体，放大一号即为标题字体，故先生来函关于正文字号放大建议实难采纳），精装更显单薄，且势必大幅提高定价，恐读者难以接受，放入"系列选"众皇皇巨著中亦似不伦。另外，我们主要考虑《墨经哲学》一书基本观点看法已收入《杨宽古史论文选集》卷八关于学术思想的论述，即便不出单行本，亦无大碍于先生学术思想之流播。

　　有感于先生强烈呼吁，而出单行本却有技术困难，我社考虑再三，拟将《墨经哲学》全文放入《古史论文选集》卷八，并按《杨宽古史论文选集》合同规定支付稿酬。未知尊意如何。

　　此致

敬礼

上海人民出版社

2001.8.23

附录

怀念吕思勉先生

吕思勉先生是我的受业老师，又是我多年来追随学习研究的导师。今年是吕先生诞生一百周年，使我更加怀念老师。

三十年代前期，我在上海光华大学上学，原来读的是中国文学系，由于吕先生上课时的循循善诱，引人入胜，我爱听先生的课，好读先生的书，成为历史研究的爱好者。因此我从开始进入社会、参加工作以来，所有工作都是与历史、考古、文物有关的。这是吕先生诱导的结果。记得我听吕先生讲中国社会史的课，期中考试时，只出了一个议论题。当时光华大学由注册处按座位点名，每人有个学号，按学号登记，因此教师对学生并不熟悉。当这门课的期中考试后的一堂课，吕师刚上讲台，忽然跑下来走到我座位旁边，问我："你的学号是不是2091？你的名字是不是叫杨宽？"我答道："是。"他就说："很好。"从此以后，我听课中有什么问题就向他请教，学习研究中有什么问题也向他请教。我从读大学一年级起，就爱好写学术论文，从一九三二年起,就逐年发表一些论文。这些论文的写成,也都是和吕先生教导分不开的。我读到大学四年级,就到社会上参加工作。当时有些爱国的文物工作者正在筹建创办"上海市博物馆",由于这方面的人才奇缺,把我这个大学四年级的学生也拉去参加筹备,担任古物的陈列布置和编写说明等工作,并给予"研究干事"的职位,从此我的研究工作,就着重把文献和考古文物结合起来。所以能做到这点,还是得力于在大学里打下的根基。

吕先生在光华开过的课很多,有中国社会史、中国民族史、中国思想史中的如先秦学术概论、宋明理学,史料学中的经子解题,文字学中的如《说文解字》等。吕先生每开一门新课,我必去选听,深受教益。吕先生讲课有他的特点,他不作泛泛之论,讲究踏实而深入的探讨。凡讲课都发有讲义,讲义是准备学生自学和掌握系统知识的,堂上讲课,只作重点阐释,讲自己研究的心得体会。他上课时常常带着几本古书上堂,不带讲义。讲《说文解字》,往往举其中一个字为例而大讲特讲,讲《经子解题》常常举出某书中的重要篇章大加阐明。这对于爱好钻研的学生,确实能打好扎实的根基。

吕先生是把教学工作和研究工作结合得很好典范。他不少历史著作的初稿原先都是为适应历史教学需要而写的讲义,通过长期的教学实践,不断加强研究,修改讲稿,使逐渐成为高质量的著作。他的第一部著作《白话本国史》,因为它的内容、体例和写法,正适合五四运动以后如饥似渴的青年学生精神食粮的需要,不仅长期被用作大学的通史教本,而且成为二十年代、三十年代发行量很大的普及历史读物。记得抗日战争爆发的一九三七年,陈守实先生和我同在广东省立勤勤大学教育学院文史系(当时迁移在梧州的广西大学内)教书，陈先生上的中国通史课，还是用《白话本国史》作为教本的，顾颉刚先生对这部书曾作高度评价，他说："及吕思勉先生出，有鉴于此，乃以丰富的史识与流畅的笔调写通史，方为通史写作开一新纪元"（《当代中国史学》第八五页）。《白话本国史》的内容、体例和写法之所以能够开创新纪元，适合当时广大青年学习上的需要，就是从十多年通史教育实践中摸索出来的。我们在整理老师的遗稿中，就曾发现他早年在沈阳高等师范所用的铅印的通史讲义（可惜只残留一小部分），这就是《白话本国史》的初稿。二十年代出版的《中国文字变迁考》《字例略说》《章句论》以及因印刷困难未发表的《说文解字文考》，都曾作过文字学课的讲义。三十年代出版的《中国民族史》《先秦学术概论》《理学纲要》等，也都曾作过讲义，前二种我们在光华读书时，就曾读到过这种油印本（可惜这种油印本都散失了）。吕先生由于教学的需要，推动了他自己多方面的历史研究；同时由于各方面研究不断取得成果，提高了他的教学效果。教学和研究，相得而益彰。正因为如此，他在培养历史专业人才方面，也取得了出色的成果。这都是我们应该很好学习的。

　　特别值得我们重视的，吕先生无论在上堂教学中和写作历史书中，都十分重视对青年一代进行爱国的思想教育，指导青年前进的方向，这可从他所写《吕著中国通史》为例。写作这部书，正当抗日战争时期，上海成为"孤岛"的时候。为了适应大学文科学生学习通史的需要，使他们能掌握有系统的历史知识，以适应进一步钻研社会科学的需要。因此他就采用了特殊的体例来编写此书，上册分门别类，有系统地叙述了社会经济制度、政治制度和文化学术的发展情况，下册分章按时代顺序有条理地叙述政治历史的变革，以有助于读者初步掌握上下连贯系统的历史知识。同时,吕先生十分关心着祖国的前途,热切盼望抗日战争早日取得胜利。他写通史目的就在于总结过去的历史经验,从而指出祖国光明伟大的前途,指导读者朝向这个光明前途奋勇行进。他明确告诉读者:"颇希望读了的人,对中国历史上重要文化现象,略有所知,因而知现状的所以然,对于前途可以预加推测,因而对于我们的行为有所启示"(第七页)。学习历史不仅是为了总结过去,更是为了展望将来,以便作为今后行动的指南。

吕先生在这部书总结了哪些重要的历史经验?对于我们祖国的前途作了怎样的推测?对我们的行动作了怎样的启示呢?这些问题在社会经济的变革和政治制度的改革以及改革思想的发展方面都有阐述,其中"财产"一章,结合中国经济发展历史的叙述,着重说明了中国历代社会改革思潮的主流。他认为,中国古代有两大社会改革思潮:一是儒家(主要指"经今文学家")主张"三世"之说,要求从"乱世"经历"小康"而到达"大同"的"太平世",想从恢复井田制而达到平均地权的目的;一是法家主张节制资本,实现盐铁等大工商业的官营,管理民间的商业和借贷,从而限制大商人的巧取豪夺。法家的主张,汉武帝时桑弘羊曾经实行,但只收到筹款的结果,没有取得改革社会的成效。西汉末年王莽综合儒法两家的主张而进行社会改革,结果完全失败,而且产生了很坏的影响。作者认为"乃是先秦以来言社会改革者公共的失败"(第九十六页)。失败的根本原因是,"国家是阶级时代的产物,治者阶级总是要剥削被治者以牟利的",因而不可能由他们来完成有利于人民的社会改革。

吕先生通过大量历史事实,认为只有社会主义才能彻底完成有利于人民的社会改革,而且认为"中国历代社会上的思想都是主张均贫富的,这是在近代所以易于接受社会主义的一个原因"(第一○一页)。怎样推行社会主义呢？吕先生在"实业"一章中指出,农工商三者之中"农为尤要",在叙述农业"自粗耕进于精耕"的过程之后,接着检讨"中国农业进化的阻力",主要由于土地私有和小农制,认为唯一的"出路是要推行大农制",改变生产方法,应效法苏俄的集合农场,推行耕作机械,化除农民私见,因为"生活变则思想变,生产的方法变,则生活变"(第二○三页)。

这部《中国通史》,一方面通过对经济制度和社会改革思想发展历史的叙述,指出必然走向社会主义的趋势;另一方面又通过对政治制度和政治改革思想发展历史的叙述,指出必然走向民主政治的趋势。其中"政体"一章,突出地说明殷、周春秋时期贵族专制政体内,保存有许多民主政治的遗迹。《周礼》上有"大询于众庶"之法,国家有危难,国都要迁移,国君要改立,都必须召集"国人"征询意见。这在《尚书·盘庚》和《左传》等书上可以找到许多例证。他因此断言,远古确有民主政治制度,后来才破坏掉的。舆论到后来虽然效力渐薄,至有如"郑人游于乡校以议执政,然明欲毁乡校"之事;然在古初,舆论"必能影响行政,使当局不得不从"(第五一到五二页)。作者又指出,我国从来民主政治的思想很流行,见于儒家书中的独多,尤以《孟子》一书深入人心。黄宗羲《明夷待访录》中《原君》《原臣》两篇,对于"天下者天下人之天下"之义,"发挥得极为深切"。作者认为,这种"旁薄郁积的民主思想",因为条件不完备而不曾见于行动,正有待于时势的变化(第六三页)。

这部通史的最后一章,题为"革命途中的中国",作者以"大器晚成"这句成语,预祝革命必将成功。同时指出民族前途是光明的,应该有一百二十分的自信心。作者果断地说："悲观主义者流，君歌且休听我歌，我歌今与君殊科"。最后引用英国文豪拜伦的诗作为全书总结："如此好山河，也应有自由回照。……难道我为奴为隶，今生便了？不信我为奴为隶，今生便了。"作者在这一章中强调当时革命前途的重要问题是"不在对内而在对外"，认为"非努力打退侵略的恶势力，决无可以自存之理"。这正是针对当时国民党顽固派"消极抗日积极反共"的方针而言的。

　　吕先生一生的治学精神，刻苦作风以及对学生的关心和教导，处处值得我们怀念和学习。上面所写的，只是最近想到的一些片段而已。

（原刊《常州文史资料》第 5 辑，1984 年）

吕思勉先生的史学研究

一、生平和治学经历

吕思勉先生，字诚之，江苏武进（今常州市）人。诞生于一八八四年（清光绪十年）二月二十七日，即甲申二月初一，逝世于一九五七年十月九日，享年七十四岁。毕生专心致力于历史研究和历史教学工作，对于中国古代史研究作出了卓越而巨大的贡献。他的一生，是学而不厌、诲人不倦的一生，又是刻苦钻研、勤奋著书的一生。在现代我国史学界中，他是读书广博而重视融会贯通、著作丰富而讲究实事求是的一位史学家。五十年中，他先后著有两部中国通史、四部断代史、五部专史和其他多种著作，共约六百万字（不包括尚待整理的稿本），对国内外史学界有着深远的影响。至今他的著作，在国外有多种翻印本广为流传。

吕先生童年受的是旧式教育。六岁到十二岁随从延聘在家的教师学习，十二岁以后因为家庭经济拮据，由父亲亲自教授，并由母亲和姊姊从旁帮助讲解。练习的写作,则由父亲送请他自己的老师,芜湖中江书院教习薛以庄批改。他在父母亲的指导下,所读的书,先是《纲鉴易知录》《正史约编》和《四库全书总目提要》。对于后一部书读得很认真,经、史、子三部全部读完,集部读了一半。通过这三部书的阅读,熟悉了目录学,初步认识了古代史的大略。接着阅读的是《日知录》《廿二史札记》《癸巳类稿》等书,着重学习怎样阅读史书而写作札记的方法。十五岁那年(一八九二年)考入阳湖县学,成为名义上的旧式县学生。十六岁以后,就自学正续《资治通鉴》、《明纪》以及《文献通考》《三通考辑要》等书,有系统的了解古代政治历史和典章制度变迁的历史,为此后研究工作打下了基础。

从二十三岁(一九〇七年)起,开始担任历史教学工作,同时从事历史研究,以阅读二十四史为“日课”,逐日阅读,排比史料,分门别类写成札记。这样五十年如一日,一直没有间断,先后把二十四史反复阅读了三遍。所作的读史札记,除了对史实作必要的考订以外,十分讲究综合研究和融会贯通,着重于探讨许多历史事件的发展过程及其前因后果,注意摸索重要典章制度的变迁过程及其变化原因。吕先生之所以能够不断写出大量有系统、有份量、有见解的著作,不是偶然的,首先得力于他这样刻苦勤奋、坚持不懈地有计划地阅读史书和写作札记。

吕先生在穷年累月阅读古文献、埋头写作札记的同时,又爱好广泛阅读新出版的报刊杂志,十分注意当时从西方不断引进的新文化、新思想和新的研究方法。一九二〇年一、二月,《建设杂志》展开中国古代有无井田制的辩论,胡适提出了否定井田制存在的主张。认为这是孟子的“托古改制”,是战国时代的乌托邦思想;而胡汉民认为这是土地私有权未发生前的公产制度；廖仲恺则以为这是土地由公有转变为私有之后的一种残余形态，相当于欧洲中古时期封建主的领地内实行均田受地的方法。这是我国近代第一次采用新观点、新方法对古代史展开的辩论。吕先生为了支持廖仲恺的意见，从方法论上进一步反驳胡适的主张，在《建设杂志》上发表了给廖仲恺、朱执信的公开信（写于这年五月二十七日），长达七千多字，成为他第一次发表的学术论文。

这时，正当五四运动之后，新文化运动刚刚开展，推翻旧经学和旧史学的斗争刚开始，否定井田制存在的主张也才提出。吕先生在参与这场辩论中，十分讲究研究方法。他反对全盘怀疑古代历史记载，反对完全否定井田制的存在，认为只需要在考核史料的基础上，依照"社会历史变迁进化"观点作出合理的新解释，就符合历史的真实。一九二〇年底，他在其第一部历史著作《白话本国史》的《序例》中，首先强调的是"用新方法整理旧国故的精神"。《绪论》开头讲的就是社会历史变迁进化观点，认为宇宙间一切事物，"都是常动不息的，都是变迁不已的"，变迁有着因果关系；作为历史的"社会现象也是宇宙现象之一，它的变迁进化，也脱不了因果关系"；因此"历史者，研究人类社会之沿革，而认识其变迁进化之因果关系者也"。这是朴素的正确的历史发展观点。同时《序例》还说："其中上古史一篇，似乎以前出版的书，都没有用这种研究法的"。可知当时作者对采用这种新方法是十分自信的。

吕先生从二十三岁起，开始担任历史教学工作。先在苏州的东吴大学教授历史和国文，因为这是个教会学校，气味不相投，教了一年便辞去了。接着回到常州，担任常州府中学堂的教习，教了历史和地理课程二年。一九一〇年由于历史家屠寄(字敬山)的邀请,到南通国文专修科执教一年半。辛亥革命以后,为了学习新文化,来到上海,先在上海私立甲种商业学校执教,参考新出版的日文著作,教授商业经济和商业地理两年。虽然因此增长了不少新智识,毕竟和自己的志愿不合。一九一四年暑假就进中华书局担任编辑,从事编审教科书、教授书、参考书等工作,一九一九年又转到商务印书馆担任编辑。在担任编辑工作的五年里,和学者们接触较多,认识到编写通史一类教材的重要性。后来感到编辑工作比较杂乱乏味,不能和自己专心研究的志愿相配合,又重新回到教学工作岗位。一九一九年暑假,由于吴研因的介绍,到苏州的江苏省立第一师范执教。次年,因为沈阳高等师范一再邀请,就到那里担任教授。《白话本国史》一书,就是在历年讲稿的基础上,在这年年底定稿的。在那里共执教三年,到一九二三年张作霖派人接管该校,改为东北大学,教职员中有不少人视为"不顺"而离开,他也辞职南归,回到苏州的省立第一师范,在新设的培养高等师资的专修科任教,前后有两年半的时间。

一九二五年暑假又来到上海,从此就长期在上海工作。先在沪江大学担任历史教授一年,教授中国哲学史等课,《理学纲要》一书就在这年写成初稿。次年暑假,由于光华大学国文系主任童伯章的邀请,转到光华大学。那时光华没有历史系,就在国文系担任历史教学;不久历史系成立,就被聘为历史系主任,从此就长期在光华任教,并从事研究工作。尽管光华是个私立大学,待遇较差,有时不免欠薪,特别是一九三二年"一·二八事变"(淞沪抗战)以后,欠薪很多,吕先生还是继续在那里任教,直到一九四一年十二月太平洋战争爆发,日本军国主义者侵占上海租界,才放弃工作。一九四二年八月回到常州旧居，在附近游击区湖塘桥的青云中学、坂上的辅华中学担任教学。因为乡间既不便居住，往来于城乡之间又很不方便，一年后辞去教职，就隐居在常州，继续从事断代史的写作，靠开明书店预支的稿费勉强维持生活。一九四五年八月日军投降，光华大学复校，就回到光华继续担任历史系主任。直到上海解放，仍在光华继续任教。后来院系调整，光华并入华东师范大学，就在该校历史系任教，被评为一级教授。

除了担任教学工作之外，吕先生把大部分时间放在历史研究和写作上。他不欢喜交际，曾经说："予生平不喜访问知名之士，人颇有愿下交者，亦多谢绝之，以泛泛访问，无益于问学修养也。"他是为了按期完成研究写作计划而"自甘孤寂"，然而，他并没有脱离学术界而孤独地从事研究工作，在一定时期、一定范围内，很是注意学术上的交流的。在光华任教的很长一段时间内，每逢星期日上午，总是约定一些志同道合的朋友和学生们，聚集到一个冷僻地方的茶室里，随便谈论学问，直到抗战期间上海成为"孤岛"的时候，从没有间断。这是他推进学术研究和诱掖后进的一个主要方法。因为在这样的场合，可以放声高论，畅所欲言，或者探讨某个问题的研究方法和门径；或者追溯一条史料的来源及其价值；或者交流自己研究中的某些心得；或者评论某些著作的缺点错误；或者探讨一些有争论和疑难的问题。吕先生总是侃侃而谈，循循善诱，不少后辈常常从这里得到许多切实的教益。

吕先生又不追求名利地位，他在光华大学任教二十多年，光华待遇不高，常常欠薪，当时他在学术界声望已很大，先后有不少大学以优越条件来延聘，他都辞谢了。他说是懒于改变环境，实际上是怕改变环境之后,影响原定研究计划的完成。他也不随便写应酬的著作或文章。解放以前上海大大小小的书店不少,前前后后出版的刊物也多,知名之士往往成为拉稿的对象。吕先生不是有求必应的,答应写稿是有选择的,力求符合自己的研究志趣和预定计划,因此他在一般刊物上发表的文章很少,在学术刊物上发表的多数是读史札记,或者是从读史札记的基础上加工而成的文章。他还常常教导有志研究的学生们,不要稍有名望,就放弃自己长期的研究计划,随便投合出版商的要求去写文章或著作,否则就不免误入歧途,结果文章发表不少,名誉也不小,学术上却没有什么成就。

尽管吕先生长期勤奋地按照预定计划从事研究工作,然而并没有置身于学术界之外,如果遇到讨论重要学术问题自己有不同意见时,就毅然决然出来写文章参加讨论。一九二〇年井田制有无的讨论,他就是第一个以史学家的立场参与的,反驳了胡适否定井田制存在的说法。一九二三年梁启超发表《阴阳五行说之来历》一文(《东方杂志》二十卷十号),认为阴阳五行说起于战国时代燕齐方士,由邹衍首先传播。吕先生认为"此篇颇伤武断",又是第一个出来写文章反驳,写成《辨梁任公阴阳五行说之来历》一文发表(《东方杂志》二十卷二十号)。同时,他对于有意义的集体学术工作,也是积极参与的。例如一九四〇年《古史辨》第七册在上海编辑,准备出版,他除了把全部讨论古史传说的论文、札记送登这册《古史辨》以外,还同意作为本册的领衔的编著者,其中三分之一的校样是他一个人独立校阅的,三分之二的校样也是他参与校阅的,因而保证了这册分量很大(八十万字)的书能够迅速出版。这时齐鲁大学国学研究所的刊物《齐鲁学报》也在上海编辑出版,他受顾颉刚先生的委托而负责主编,成为当时称为"孤岛"的上海唯一有质量的文史研究刊物,先后出了两期,后来因日军侵占上海租界而停刊。

由于吕先生抱着献身于祖国学术事业的精神,有着刻苦而顽强的意志,克服种种艰难,排除种种干扰,坚持按照长期研究计划而循序推进,终于写成了大量历史著作,为我们留下了丰富的史学方面的遗产。

吕先生除了早年出版的《白话本国史》以外,大量的著作都是在光华大学任教期间写成的,由于他的博学而勤奋,写成的历史著作是多方面的;同时由于他的治学深入而谨严,所有的著作又是很踏实而有见解的。在中国古代史方面,曾先后写成指导青年学习的中国通史两部,便是《白话本国史》(一九二三年商务印书馆版)和《吕著中国通史》(一九四〇年、一九四五年开明书店版);又有内容扎实、份量很大的四部断代史:《先秦史》(一九四一年开明版)、《秦汉史》(一九四七年开明版)、《两晋南北朝史》(一九四八年开明版)、《隋唐五代史》(一九五七年上海中华书局版)。在探讨史学方法方面,既有阐明历史研究方法的专著,如《历史研究法》(一九四五年永祥印书馆版);又有通过评论前人史学理论著作来说明史学方法的,如《史通评》(商务版)和《文史通义评》;更有指导初学者阅读史籍方法的,如《中国史籍读法》。以上四书,合称《史学四种》,已由上海人民出版社出版。在专史方面,有专门探索我国少数民族历史的著作《中国民族史》(一九三四年世界书局版);有论述先秦学术思想的《先秦学术概论》(一九三三年世界版);有阐明宋明理学思想的《理学纲要》(一九三一年商务版);又有专门论述宋代各种文学体裁的《宋代文学》(一九三一年商务版);更有分类叙述典章制度变迁历史的读物五种:《中国国体制度小史》、《中国政体制度小史》、《中国阶级制度小史》、《中国宗族制度小史》、《中国婚姻制度小史》(一九二九年中山书局版)等。吕先生还把文字学作为研究古代史的必要工具,先后著有文字学著作四种,便是《中国文字变迁考》(一九二六年商务版)、《字例略说》(一九二七年商务版)、《章句论》(一九二六年商务版)、《说文解字文考》(未刊)。因为先秦的史料比较特殊,为了指导青年学习先秦的史料,还写有《经子解题》(一九二六年商务版)。他的读史札记,除了在报刊发表的以外,先后出版过《燕石札记》(一九三七年商务版)和《燕石续札》(一九五八年上海人民出版社版)两种,现在已把他的已刊和大量未刊的札记,总编成《吕思勉读史札记》一书,正在印刷中。

二、通史的著作

吕先生第一部中国通史——《白话本国史》写成于一九二〇年十二月,一九二三年九月由商务出版,共四册,这是二十年代、三十年代发行量最大的一部中国通史。长期以来被用作大学的教本,并作为青年"自修适用"的读物,对当时史学界有着广泛而深远的影响。

这部书之所以会成为普及的历史读物,因为它的内容、体例和写法,正为适应当时如饥似渴的青年学生精神食粮的需要。作者在《序例》中说明编著这部书的目的,是用来做青年学生学习中国历史的"门径之门径、阶梯之阶梯"的。为了达到这个目的,这部书有着和以前出版的同类书不同的四个特点:

(一)颇有用新方法整理旧国故的精神,这在前面已经提到。

(二)着重开示研究历史的门径和提供必要的历史常识,还提示前人重要的研究成就。讲究实事求是,认为研究历史,最紧要的就是正确的事实，事实不正确，根据于此而下的断案，自然是不正确的了（第九页）。书中既有重要历史事实的叙述，又有作者必要的考据和议论，也还引用前人的考据和议论，并介绍阅读当时有益的著作。

（三）切实指示进一步学习阅读历史书的门径。引据的书和举出的参考书都注明篇名卷次。全书用语体文写成，但遇到(1)文言不能翻成白话处；(2)虽能翻而不免要减少其精神处；(3)考据必须照录原文处，仍用文言。

（四）着重讲究条理系统，注意社会历史变迁进化方面的论述。

作者之所以要标明上述四个特点，是针对当时同类书所存在的缺点的。中国历史上下几千年，史料汗牛充栋，如果没有丰富的史识，不作系统的钻研，就不可能抓住紧要的历史事实，写成有条理的著作，作为青年学习入门之书。由于作者十多年的勤劳，所写成的《白话本国史》确实具备了上述四个特点，因而这书出版以后，成为中国史学界第一部有系统的新式的通史。正如顾颉刚先生对这部书所作的评论："编著中国通史的，最易犯的毛病，是条列史实，缺乏见解，其书无异为变相的《纲鉴辑览》或《纲鉴易知录》之类，极为枯燥。及吕思勉先生出，有鉴于此，乃以丰富的史识与流畅的笔调来写通史，方为通史写作开一个新的纪元"（《当代中国史学》第八五页）。

的确，《白话本国史》为通史的写作开创了新纪元。因为中国历史悠久，史料浩如烟海，要做到"真有研究"，颇不容易，很容易产生两种偏向：一种列举的史实并不是有关紧要的，不能组成条理系统，缺乏见解；另一种很多主观的想像，表现得很有见解，但是不符合历史实际。当时最差的通史著作，这两种偏向同时存在，既"失掉古代事实的真相，甚至错误到全不可据"；又"毫无条理系统，再加上些凭虚臆度之词"。因此吕先生在这部书中,力求做到叙事正确而议论符合于史实,具有条理系统。

《白话本国史》中采用新方法、新观点的部分,确实如作者自己所说的,主要在于上古史。这是由于时代所限,因为当时刚开始运用新方法、新观点来探讨历史,曾经展开讨论的只有上古史部分。书中"三皇五帝时代社会进化的状况"一节,就是采用了新观点来解释的。认为燧人氏代表渔猎时代,实行群婚制,因而"但知其母不知其父",还没有财产"所有权",因而"饥即求食,饱即弃余"。到伏牺氏进入游牧时代,神农氏进入农耕时代(第二四页)。书中还有"古代社会的阶级制度"和"春秋战国时代社会经济的变迁"等节,认为春秋战国之际社会经济的变迁,首先由于贵族的侵占自私,破坏了井田制,占有了名山大泽。再由于商业的发达,社会上加剧了贫富的分化,于是产生了两个结果:一是"贵贱的阶级破,贫富的阶级起";二是"共有财产的组织全坏,自由竞争的风气大开,是春秋战国时代社会的一种大变迁,是三代以前和秦汉以后社会的一大界限"(第一七六页)。在今天看来,这样把春秋战国之际的社会变革,看作是从贵贱对立的阶级变为贫富对立的阶级,并不恰当,但是在六十年前,能够看到春秋战国之际是社会经济、阶级关系的"大变迁"时期;是三代以前和秦汉以后社会变革的"一大界限",不能不认为是中国古代社会研究中抓住关键的创新见解。

对于中国社会历史的发展变化,当时吕先生的观察是十分敏锐的,既看到了春秋战国之际的"大变迁",同时又看到了秦汉以后长期没有根本变化。他指出"从秦汉以后,直到前清海禁大开以前,中国社会的经济组织没有根本变化"(第四〇七页)。秦汉以后社会经济之所以长期处于停滞状态而不能前进,是和政治上多次出现周期性的治乱兴衰的反复有关,而政治上之所以会不断出现治乱兴衰的反复,又和生产方法和生产社会组织始终没有变更有关。他又指出:"从秦汉以后,中国历史上有个公例,承平数十百年之后,……就要酿成大乱为止,大乱过去,可以平定数十百年,往后又是如此了,这是由于生产方法和生产社会组织始终没有变更的缘故"(第七四三页)。这个中国封建社会长期停滞的问题,吕先生在六十年前已经明白提出了。所说"生产社会组织始终没有变更",就是指封建制生产关系由低级逐步向高级发展而没有发生根本性的变革。从秦汉以后一直到鸦片战争以前,社会经济还是逐步有发展的,农民所受到剥削的方式是不断有变化的。吕先生认为当时田赋制度的变迁,"便是当时农民生活状况的反映"(第四〇七页)。从晋到唐代中期的田赋制度,如晋的户调式、北魏的均田令、唐的租庸调制,属于同一趋向,唐德宗时实行两税法是个变迁。唐代中期以后不但社会经济发生变化,政治形势也发生大变,出现了藩镇割据的局面,从此中央集权的王朝实力衰落,北方后进部族就进一步侵扰。《白话本国史》因此以唐代后期作为"中古"和"近古"两个时期的界限。

　　《白话本国史》根据上面所述对中国社会历史变迁进化的理解,把中国历史划分为六个时期,把秦以前称为"上古",从秦汉到唐朝全盛时期称为"中古",从唐代安史之乱到南宋称为"近古",从元明到清代中期称为"近世",从"西方东渐"到清朝灭亡称为"最近世",辛亥革命以后称为"现代"。这样把中国历史分为六期,虽然大体上还是按照朝代来划分,但是比当时同类著作已有很大进步。这样把唐代全盛时期以前作为"中古",把安史之乱以后称为"近古";把清代中期以前称为"近世",把"西力东渐"也就是鸦片战争、五口通商以后称为"最近世",显然是作者由于采取实事求是的分析方法而得出的结论。这个结论对此后史学界有着深远的影响。

还值得称许的是,这部书强调中国是个多民族的国家,上古史中设有专章讲"汉族以外的诸族",此后按照历史顺序,分别叙述了每个王朝与周围少数民族的关系。它有"中国古代的疆域"一章,就包括周围所有少数民族在内,把古书上所谓"五服""九州"以及"疆域的四至"作为疆域。他认为后世住在边疆地区的若干少数民族,有不少原来就是从中原地区远迁的。匈奴古称獯粥、猃狁,原在今河北、山西的北半省和陕西省。乌桓、鲜卑古称东胡,也即山戎,原居今河北、辽宁之间。铁勒古称丁令,又称狄历,也即古代所谓北狄的狄。书中对于少数民族建立的王朝,也同样称之为"朝",不但把北朝看作和南朝是对等的,而且也把辽朝、金朝看作是和宋朝对等的,有一定的章节叙述辽朝、金朝的兴亡,并把"宋辽金元四朝的政治和社会"列为一章,一起叙述。这为当时编写中国通史开创了新体例。

吕先生的另一部中国通史——《吕著中国通史》,是抗日战争期间、上海成为"孤岛"的时候,适应当时大学教学的需要而写的。由于当时出版条件的艰难,上册于一九四〇年由开明出版,下册拖延到一九四四年才由开明出版。这书针对当时上海已出版的若干中国通史的缺点和大学文科学生学习上的需要,没有采用一般通史的体例,全书分成上下两册,上册分门别类地有系统的叙述了社会经济制度、政治制度和文化学术的发展情况;下册分章按历史顺序有条理地叙述了政治历史的变革。作者认为当时上海流行的通史著作,虽然在叙述理乱兴亡的过程中,夹叙一些典章制度,但是往往缺乏条理系统,上下不够连贯，使初学者摸不清头绪，不能构成系统的历史知识。特别是大学文科的学生，他们在中学学习历史的基础上，正需要各方面有系统的历史知识，以适应进一步钻研的需要。因此就有必要采用这样特殊的体例来编写此书。

作者编写此书还有个明显的目标，就是想从中总结一些历史经验，用来指导我们今后的行动。他说："颇希望读了的人，对于中国历史上重要文化现象，略有所知，因而知现状的所以然；对于前途可以预加推测，因而对于我们的行为可以有所启示"（第七页）。

作者在这部书中总结了哪些重要的历史经验？对我们的前途作了怎样的推测？对我们的行动作了怎样的启示呢？重点是在于社会经济的变革和政治制度的改革方面。其中"财产"一章，结合中国经济发展历史的叙述，着重说明了中国历代社会改革思潮的主流。他认为中国古代有两大社会改革思潮，一是儒家（主要指经今文学家）主张"三世"之说，要求从"乱世"经历"小康"而到达"大同"的"太平世"，主张恢复井田制，平均地权；一是法家主张节制资本，实行盐铁等大工商业官营，管理民间的商业和借贷。法家的主张，汉武帝时桑弘羊曾经实行，但只收到筹款的结果，没有取得改革社会的成效。西汉末年王莽综合儒法两家主张而进行改革，结果完全失败，"乃是先秦以来言社会改革者公共的失败"（第九六页）。失败的根本原因是，"国家是阶级时代的产物，治者阶级总是要剥削被治者以牟利的"，因而不可能由他们来完成有利于人民的社会改革。

作者认为只有社会主义才能彻底完成有利于人民的社会改革，而且认为"中国历代社会上的思想，都是主张均富贫的，这是其在近代所以易于接受社会主义的一个原因"（第一〇一页）。这是作者从我国历来社会改革思潮的主流,说明我们所以容易接受社会主义而加以推行的原因。怎么推行社会主义呢?作者在"实业"一章中指出农工商三者之中,"农为尤要",在叙述农业"自粗耕进于精耕"的过程之后,接着检讨"中国农业进化的阻力",主要由于土地私有和小农制,认为唯一的出路是推行大农制,改变生产方式,应该效法苏俄的集合农场,推行耕作机械,化除农民私见。因为"生活变则思想变,生产的方法变,则生活变"(第二〇三页)。

作者一方面通过对经济制度和社会改革思想发展历史的叙述,指出必然走向社会主义的趋势,另一方面又通过对政治制度和政治改革思想发展历史的叙述,指出必然走向民主政治的趋势。

这部书的"政体"一章,突出地说明殷、周、春秋时期的贵族专制政体内保存有许多民主政治的遗迹。《周礼》上有"大询于众庶"之法,国家有危难,国都要迁移,国君要改立,都必须召集"国人"而征询意见。这在《尚书·盘庚》和《左传》等书上可以找到许多例证。从《尚书·洪范》可以看到"君主、卿士、庶人、龟、筮,各占一权,而以其多少数定吉凶,亦必系一种会议之法,并非随意询问"。他因此断言,远古确有民主政治制度,后来才破坏掉的,舆论到后来虽然效力渐薄,至有如郑人游于乡校以议执政,然明欲毁乡校之事;然在古初,舆论"必能影响行政,使当局者不能不从"(第五一至五二页)。作者又指出,我国从来民主政治的思想很流行,见于儒家书中的独多,尤以《孟子》一书为深入人心。黄宗羲的《明夷待访录》中《原君》《原臣》两篇,对于"天下者天下人之天下"之义,发挥得极为透彻。认为这种"旁薄郁积的民主思想",必将待时势的来到而见之于行动。

这书上册叙述社会经济、政治制度和文化学术的发展,分成十八个题目,这和过去记载典章经制的史书的分类根本不同,例如婚姻、族制、阶级、财产、衣食、住行等等,都是过去史书上缺乏系统记载的。作者能够作出概括而系统的论述,是长期从事这方面研究的结果,而且其中有不少真知灼见。例如"衣食"一章,讲到"食"的起源,作者认为可分三种:在较寒冷或多山林的地方从事于狩猎,以食鸟兽之肉为主;在炎热或植物茂盛的地方,以食草木之实为主;在河湖的近旁则食鱼,因此在远古的中国以植物为主要食品。《墨子·辞过篇》说:"古之民,素食而分处"。"素食"便是"蔬食"。《礼记·月令》仲冬之月"山林薮泽,有能取蔬食、田猎禽兽者,野虞教道之"。《管子·七臣七主篇》说:"果蓏素食当十石"。说明"蔬食"到春秋战国时代还很重要。作者还指出古人"蔬食"为后人造下了很大福利,从中发明了种植,并由此发明用草药治疗。又如"货币"一章,他认为前人所说由于佛事销耗以致黄金由多变少,并不确实。汉代黄金赏赐数量很大,是因为黄金集中在官府,后来不见这种情况,是因为分散在民间。王莽时金价五倍于银,到明代洪武初年依然是这个比价,足见并非黄金真少,只是散而见其少。

吕先生适应时代需要,先后著作的两部中国通史,不仅对于当时历史教学、帮助青年自学起着很大作用,而且对于古代史的研究,历史读物的写作都有深远影响。

三、断代史的研究

吕先生晚年为了总结平生研究中国古代史的成果,决然以个人的精力,经过三十年的努力,先后写成先秦、秦汉、两晋南北朝、隋唐五代四部断代史。写作期间,正值抗日战争和解放战争时期,生活条件极其艰苦。但是，由于他坚强的毅力，辛勤的劳动，终于陆续完成，先后出版(《隋唐五代史》是解放后才出版的)。《先秦史》有四十万字；《秦汉史》有六十万字；《两晋南北朝史》多到一百十万字；《隋唐五代史》也在一百万字以上，总共有三百多万字。

当时流行的通史或断代史不外乎两种体例：一种是采用一般通史体例，把各个时期经济、政治、文化各方面贯通起来加以论述，偏重于史论。另一种则采用分类辑录的方式，把作者认为重要的史料或有关评论，分类排比钞录，加上标题或案语，属于史钞性质。吕先生认为这两种体例都存在严重缺点，都不便于研究者和学习者作进一步的探索，都不能有助于古代史研究的发展进步。史钞式的著作，但凭主观随意摘钞，不能真正做到提纲挈领，不能反映历史发展的真相，不能提供有系统的丰富的历史知识，缺乏贯串全部历史的条理。至于偏重史论的著作，因为作者未能占有详确的史料，不可能对各方面历史情况作出正确的概括和分析，因而所作贯通的议论，不容易做到真正的贯通，或者不免以想像代替历史，或者竟是空中楼阁。

吕先生一向认为通史体例远比旧式的史钞体例为优。他早在二十年代初叶就采用通史体例写了《白话本国史》。为什么吕先生到晚年著作这四部巨大的断代史的时候，反而不采用通史体例呢？因为他感到当时运用这种通史体例写作大部头断代史的条件还不够成熟，还需要作一番努力才有可能用这种体例写出令人满意的大部头著作。他在教导后辈的时候讲过：必须拥有详确的史料，对各方面的历史发展情况作出正确的概括和分析，才有可能把复杂的历史情况真正贯通起来。由于前人对各个时期各方面的史料没有作过细密的整理和考核，我们今天要在短时期作出正确的概括和分析是困难的，要加以融会贯通就更难办到。过去出版的一些通史或断代史所以学术价值不高，不免有以主观臆断代替历史事实的地方，就是因为这个缘故。

吕先生为了实事求是，著作这四部断代史采用了特殊的体例。每部史都分成前后两个部分，前半部是政治史，包括王朝的兴亡盛衰，各种重大历史事件的前因后果，各个时期政治设施的成败得失，以及王朝与周围少数民族之间关系等等，采用的是一种新的纪事本末体。后半部是社会经济文化史，分列章节，分别叙述社会经济、政治制度、民族疆域、文化学术等方面的具体发展情况，采用的是一种新的叙述典章制度的体例。

这四部断代史的取材，主要是依据所谓正史的。原来正史都是纪传体，着重于叙述帝王将相的事迹，是站在封建统治阶级立场上歌功颂德的，今天要用来叙述适合今天我们需要的政治历史，当然需要经过整理，重新加以综合和分析。至于社会经济、政治制度、文化学术方面，有些正史上固然有"志"一类的篇章加以记载，但是残缺不全，还不够我们今天的需要。至于那些专门记述典章制度的史书如《三通》之类，史料固然相当丰富，但多偏重于封建统治者的政绩，和今天我们需要叙述的，有很大的距离。因此今天要作好社会经济、政治制度、文化学术各方面正确的概括和分析，还必须从正史的本纪、列传以及其他典籍中钩稽出来。尽管吕先生先后读过二十四史三遍，对此中史料十分熟悉，五十年来不断作有许多读史札记，但是要从浩如烟海的资料中，披沙拣金地摘录出来，还是花了极其艰巨的劳动的。这四部断代史的每章每节，可以说，都凝聚着吕先生穷年累月的劳动的结晶。

先秦史由于史料的复杂而特殊，要以个人之力写出有系统、有见解的著作，是比较困难的。不可否认，吕先生这部《先秦史》在运用史料上是存在缺点的，例如殷周部分没有能够依据甲骨文、金文以补文献之不足。春秋部分又未能充分利用《左传》《国语》等史料（当是受到今文经学的影响）。战国部分又未采用《古本竹书纪年》。这部书以《史记》为主要依据，用先秦典籍作补充，而未能充分应用近年来考古的成绩，不免有它的不足之处。但是，由于作者具有敏锐的综合和解剖的能力，在选择重点和分析问题上，都有其慧眼卓识，在同类著作中，还是很有特色的。在政治史方面，着重抓住各个时期的重要政治斗争作为纲领，例如"五帝事迹"，着重于炎帝与黄帝之争；黄帝之族与共工之争；尧舜禹与三苗之争。"夏后氏事迹"着重于夏后与后羿之争。殷周历史又着重于殷周兴亡。春秋历史则重视大国争霸。战国历史则突出秦、齐两大国之间合纵、连横的斗争。这样一部先秦政治史，就用一系列重大的政治斗争贯串了起来。

至于先秦的社会经济和政治制度方面，注意于分析各种具体制度发展变化的关键问题。例如"昏（婚）制"一节，对原始社会由"辈行婚"（群婚）转变为"对偶婚"以及先秦婚姻制度，都有所分析。"族制"一节，对原始社会由女系氏族转变为男系氏族以及由此产生的宗法制度，都有所阐释。"等级"（阶级、阶层）一节，对国人、野人、百姓、人、民、奴婢之类阶级、阶层的称谓，都有所分辨，并追溯其起源。关于农、工、商业的起源和发展，衣、食、住、行的源流和变化，也都有系统的概述。在追溯政治制度的起源方面更有不少精辟的看法。例如讲到贵族内部的选举，"其初盖专取勇力之士"，"观乡大夫既献贤能之书，复退而行乡射之礼，可见古者专以射选士"；"古之选举，其初盖专于乡,以其为战士所治之区也"。这些论断,指出了先秦贵族原来尚武的特点,其所谓"贤"原先是指勇力。再如说:"刑之始,盖所以待异族","古以兵刑为一",古代掌刑之官称"士"或"士师","士者战士,士师者士之长,其初皆为军官"。"髡即越族之断发,黥即文身","其初盖俘异族以为奴婢,后则以本族之犯罪者,亦以奴婢而侪诸异族,因以异族之所为饰者施之"。这里追溯刑法之起源,既有论据,又合情理,更符合社会历史发展的规律。这样追溯各种制度起源和流变的见解,都是吕先生的读史心得,在这部书中到处可见。

《秦汉史》是与《先秦史》互相衔接而又独立成书的。由于作者对《史记》、两《汉书》、《三国志》所下的功夫很深,对于这个时期历史发展情况的叙述,十分扎实而有条理。近人对于秦汉政治史的研究很是不够,西汉时期往往偏重讲究前期的休养生息和武帝的文治武功。东汉时期只注意到外戚、宦官及党锢之祸,缺乏对整个历史发展过程作有系统的探索。此书极力纠正这种偏向,把两汉政治历史分成十一个段落,既作了全面的有系统的叙述,又能抓住重点作比较详尽的阐释。例如汉中叶事迹一章,叙述武帝、昭帝、宣帝时期的历史就多到十六节;又如后汉乱亡一节,叙述军阀混战的局势就多到十二节。

吕先生认为就当时社会组织来说,新莽和东汉之间是一大界线。这是观察十分透彻的见解。当时土地越来越集中,小农破产沦落为奴婢的越来越多,豪强大族的势力正不断成长,出现了严重的社会危机。等到王莽的社会改革失败,引起了赤眉绿林大起义,接着重建的东汉王朝还是以豪强大族作为它的基础。随着豪强大族势力进一步成长,封建依附关系就进一步加强,终于导致出现封建割据和军阀混战的局面,扩展成两晋南北朝那样的政治形势。

秦汉的社会经济部分,由于作者从正史的本纪、列传中钩稽出大量的史料,各方面的叙述显得丰富多采。在社会组织方面,注意到了户口的增减和人民的流动迁移。在社会等级(阶级、阶层)方面,根据当时社会特点,把豪强、奴客、门生、部曲、游侠作重点的探讨。作者还重视由于社会组织变化而产生的社会特殊风气,对于"秦汉时君臣之义"、"士大夫风气变迁",都列有专节说明。关于当时各阶层资产的估计、豪富的生活、土地集中的情形、农工商业的发展情况、衣食住行以及埋葬的风俗等等,都是作者十分用力的地方。例如"农业一节",不仅述及耕作技术、水利灌溉、边疆地区的开发和屯田制,还兼及渔猎、畜牧、种树之利。又如"宫室"一节,不但讲到宫殿、高楼、苑囿的建筑,还说到大宅第有客堂、两箱(厢)、轩或庑(堂下周室)、塾(在间的两侧)的结构,又兼及民间的白屋(白茅覆屋)、茅舍、草庐和板屋,更连带述及墙、虎落(竹篱)的建筑方法等等,叙述得既全面又细致。如果没有很深的研究功夫是很难办到的。

吕先生这部书的优点是全面、细致而分析深入。近人对于秦汉政治制度的重要性是有认识的,但注意的只是官制和赋税方面。此书"政治制度"一章分政体、封建(分封制)、官制、选举、赋税、兵制、刑法七节加以充分说明。"学术"一章,又分成文字、学校、儒家之学、百家之学、史学、文学美术、自然科学、经籍(图书)八节分别论述。而且作者依据当时文化发展特点,特别列出"宗教"一章,分为祠祭之礼、诸家方术、五德终始之说、图谶、神仙家、道教之源、佛教东来七节,有所探索,其中不乏卓越的创见。作者认为神仙家求不死之方,非尽虚幻,其中不少部分与医学关系极密,诸如服饵之法、导引之术、五禽之戏,都是能够帮助健康而延年益寿的。至于道教的起源,作者的见解就十分精辟，认为道教起于附会黄老的神仙家和巫术家，当时分成两派流传，一派与士大夫结交，如于吉之流；一派流传于民间，如张角的太平道和张修的五斗米道。两派的宗旨不同，但是信奉之神没有差别，道教正是由这两派交错发展而形成。这就是细致深入分析的结果。

《两晋南北朝史》又是与《秦汉史》衔接而又独立成书的。就吕先生这部书的整个内容来看，对史学界作出了两大贡献：一是把当时错综复杂的历史情况，整理编写成了脉络分明、条理连贯的史学巨著；二是把当时社会历史曲折前进的过程，从各方面作了详细而具体的分析。

两晋南北朝时期，是中国史上最错综复杂的一个阶段。这时政治上长期分裂（只有西晋三十多年的统一），许多民族纷纷大迁移，先后出现了许多割据的政权。政权的变动又十分频繁，阶级矛盾与民族矛盾交错复杂，战争与内乱又不断发生。在二十四史中，记载这段历史的有十部之多，再加上《华阳国志》《建康实录》《十六国春秋》等书的记载，史料极其分散而繁复。吕先生费去了很多的精力，把这个阶段的政治历史作了细密的、系统的整理和考核，使得历史发展的线索井井有条，成为他所著四部断代史中份量最巨大的一部。

过去有不少人把两晋南北朝时期看作中国史上黑暗的阶段，认为社会经济停滞甚至倒退。事实上，社会经济虽然在动乱中不断遭到破坏，但还是曲折地得到发展的。在北方，少数民族的经济逐渐取得了进展，许多民族也因此逐步融合；江南则由于北方的移民，带来了先进生产技术，推动了开发。这为以后唐宋时期经济的繁荣准备了充分的条件。关于这方面，吕先生是特别注意的。"农业"一节，指出"东渡以后，荆扬二州，农业大盛"，"农业之最盛者，实今两湖间沼泽之区,及江浙间太湖流域也"。"工业"一节,讲到了叱干阿利造的百刚(钢)刀,綦母怀文造的宿铁刀(采用灌钢冶炼法制成),祖冲之造的指南车、千里船以及水碓磨等等,说明手工业生产技术有长足进步。随着经济的发展,人民生活方式也有很大改进。"饮食"一节,说明当时南方多食稻米,而"北人食麦,率多以之作饼","常食以盐菜为主","肉食者北方多有牛羊,南方颇饶鹅鸭,而鸡彘及鱼,仍为常食"。烹饪之法日渐讲求,开始成为技艺,晋代何曾著有《食疏》,北魏崔浩著有《食经》九篇。"衣服"一节,指出这时服装有大变化,古人以上"衣"下"裳"作为礼服,把连接"衣""裳"的"深衣"作为便服,"袍""衫"就是从"深衣"变化而来。到这时,开始以"袍""衫"作为礼服,反而把上"襦"下"裙"作为便服了。这种吃和穿的生活方式的进步,对此后有着深远的影响。

过去有不少人认为两晋南北朝时期宗教思想和玄学思想垄断了精神世界,文化学术趋向衰落。事实上,这时文化学术虽然受到宗教和玄学的影响,还是有着重大发展和成就的。吕先生在"学术"一章中,分为学术、文字、儒玄诸子之学、史学、文学美术、自然科学、经籍等节,用大量篇幅作了充分的论述。"学校"一节,指出虽是丧乱之世,官学还是不断兴起,私家受业也相沿不辍。"文字"一节,指出这时开始重视音读而讲究四声。对于"儒玄诸子之学",指出玄学虽然盛极一时,儒家的经学仍继续有发展,只是儒家有兼通道、释之学者。"史学"一节,指出当时私家修史的风气很盛,每一断代史作者多家,只是后来通行的不过一种。此外,还有梁武帝的贯通各代的通史、地方史如《华阳国志》、各种传记等等。"文学美术"一节,指出这时文章有"文""笔"之分,"文贵华艳,笔则仍颇质实";书法艺术开始为世所重，名人笔迹亦因之见宝。图画仍以人物画为主，而山水画亦起于此时，佛画、佛像亦随佛教而俱兴。音乐由于国内各族之间交流和国外的传入，有了新的发展。自然科学则天文、历法、地理、地图、医学都有重大成就。所有这些，都为此后唐宋时代文化的高度发展奠定了基础。

《隋唐五代史》是吕先生最后完成的一部巨著，先后曾用力十年之久。体例和前三部断代史一致，相互连贯。这个时期正是中国封建社会高度发展的阶段，经济上出现了繁荣昌盛的局面，文化上出现了光辉灿烂的景象。一时人才辈出，涌现出了许多政治家、思想家、科学家、文学家、艺术家。此书前半部政治史，叙述了短促的隋代的兴亡，又分析了初唐盛世的因果，也说明了安史之乱以后衰世的变化，更注意到了君主个人在历史上的作用，对于若干君主都作了评价，掌握有一定的分寸。作者认为所有历史上作为统治者的君王，即便是有为之君也有其两面性，其优劣只能从比较中看出。此书推重隋文帝，认为是个"贤主"，他的坏的一面是用刑严酷；好的一面是勤政而有俭德，能够"宽恤民力"。对边地用兵也"志在攘斥之以安民"，"既非如汉文、景之苟安贻患，亦非如汉武帝、唐太宗之劳民逞欲"。因而短期内户籍上的户口增涨了一倍，府库很有积贮。此书评论唐太宗，也认为有两面性：好的一面是"勤于听政，容受直言"，"渴于求贤，破格任用"；坏的一面是有"骄暴之习"和"侈靡之心"，"好大喜功"。因此"贞观之治"是有成绩的，但是史书所描写的"太平"景象不免是夸辞。至于武则天，作者认为是个"暴君"，杀人众多，"不免滥及平民"，不仅纵侈，又多嬖幸，而且否定了史书上有关她能用人之说，认为她所用的是昧死要利、谀媚容悦之徒。至于她"擢授之滥"、"进退之速","适见其赏罚之无章",并不能说明她能用人。陆贽在唐德宗面前称许武则天"当世谓知人之明,累朝赖多士之用",这是出于当时政治上需要而激励德宗的话。

为了阐明盛唐之世经济繁荣景象,作者搜辑大量史料综合叙述了当时社会经济的各个方面。例如"农业"一节,一开头就点明荆扬二州农业生产顺着东晋以后发展的趋势有加无已,使得"天下大计,仰于东南"。还指出当时农业的兴盛主要由于水利的兴修,因为农田的命脉系于水利,水利的命脉又系于地方官的尽心。同时指明了屯田对发展农业的作用,称许张全义在洛阳屯田"为治之妙";也还说明了推行科学技术的作用,特别赞扬开元年间宰相姚崇推行消灭蝗虫的埋瘗之法。

为了阐明唐代政治制度方面的成就,作者又用大量篇幅对政体、封建(分封制)、官制、选举、赋税、兵制、刑法作了细密的分析。例如"选举"分成上下两节,上节讲科举之制,下节讲举官之制。因为唐代对科举出身的人,还必须经过吏部选拔才可授予官职。关于科举之制,不仅分科作了叙述,还对考试的方法、科举的得失、流弊以及当时防弊之法,都分别作了探讨。对于当时俗儒为投考进士科编辑的《兔园册》《文场秀句》之类,也作了评论。

吕先生在这部断代史中,对于当代学者的某些看法也提出了不同意见。例如"风俗"一节,认为陈寅恪《唐代政治史述论略稿》所说"唐中叶以后河北实为异族所荐居,三镇之不复,非徒政理军事之失",并不恰当。陈氏所引证据都不确切,只是所居汉人习兵尚武,风俗有剧变。又认为陈氏所说山东尚经学、守礼法的旧族和新兴崇尚文辞之士有矛盾,其后衍为中叶以后朋党之局的说法,"实未免求之深而反失之也"。作者认为"尚经学、守礼法"是山东的旧风,"爱文辞,流浮薄"是江东的新俗,隋唐统一以后以新俗代旧风是大势所趋。

现在我们重读这四部断代史巨著,不能不肃然起敬。这是吕先生三十年勤奋努力的结晶。其读书之多,用功之勤,综合和分析能力之强,写作成书之速,都是同一辈的学者莫敢望其项背的。尽管这些书中不免留有传统的旧观点,但是从总体来看,无疑是中国古代史研究中继往开来之作,它对于先秦到隋唐五代这段历史的研究具有疏导开拓之功,这是谁也不能抹杀的。目前这四部巨著在海外已有多种翻印本,其中以香港太平书局翻印本(一九六四年版)流传较广。

四、专史的探索

吕先生在写作两部通史和四部断代史的同时,还著有五部专史,涉及民族史、思想史、文学史和制度史等方面。

民族史方面,著有《中国民族史》一书,也是吕先生十分用力之作。此书分章叙述了中国境内十二个民族的源流,正如陈协恭先生所指出的:既能"贯串全史,观其会通",又能"比合史事,发见前人所未知之事实"。作者认为中国历史上主要的民族可以分为三派,匈奴、鲜卑、丁令、貉、肃慎是北派;羌、藏、苗、越、濮是南派,而汉族居其中,正不断与南北两派逐渐交流和融合。南派民族和汉族的矛盾较缓和,而融合也较缓慢;北派民族和汉族矛盾尖锐激烈,而融合也较迅速,先是匈奴,继而鲜卑(指鲜卑、乌桓、奚、契丹)和丁令(指突厥、回纥),最后是肃慎(指金和清)。作者在这里发表了不少创见,例如认为貉和肃慎原来同样居于燕国以北,夫余即是貉的后裔,挹娄、靺鞨即是肃慎的后裔。藏族起源于嚈哒,原在于阗。彝族起源于濮,又作僰。

思想史方面，吕先生先后著有《先秦学术概论》和《理学纲要》两书。《先秦学术概论》不同于一般的思想史著作，有它的三个特点：第一，全面分析先秦学派的源流，除道、儒、法、名、墨、阴阳等六家以外，兼及纵横家、兵家、农家、数术、方技、小说家、杂家。第二，着重分析各派源流和相互关系，对于学术思想只说明其要点。第三，分析各学派重要著作内容，并论及其真伪。吕先生反对胡适的《诸子不出王官论》，认为《汉书·艺文志》诸子出于王官之说，不能全盘否定。由于"社会组织既变"，春秋以前的"在官之学"，一变而为"私家之学"，这是"世运之迁流，虽有大力，莫之能逆"。他认为，道家之学确实出于史官，老子即是史官出身。正因为总结了历史上"成败存亡祸福古今之理"，才会提出"清虚以自守，卑弱以自持"的"术"。也就是说，正因为他们总结了前一阶段历史上政治斗争的成败的经验，才会提出这样讲究立足于"清虚""卑弱"的斗争策略。这是很有见地的。作者在评论各个学派的著作中，颇有真知灼见。例如论到杨朱，认为杨朱之学出于道家养生之论，《庄子》的《缮性》《让王》；《吕氏春秋》的《贵生》《不二》；《淮南子》的《精神》《道应》《诠言》，"发挥此义最为透彻"。又如论到孟子，认为"孟子之功，在明民贵君轻之义，此实孔门《书》说"。《孟子·万章上篇》记载孟子与万章问答，谈及尧舜禅让，引用《泰誓》"天视自我民视，天听自我民听"之言加以阐释，就是采用了孔门对《尚书》的解说。这一看法也有一定的道理。近人都认为现存的《尉缭子》和《六韬》为伪书，不敢引用。吕先生却认为两书"皆多存古制，必非后人所能伪为"。现在山东临沂银雀山汉墓出土了两书的残简，足证吕先生论断的准确。还有道家的《鹖冠子》，近人也都认为是伪书，没有一本思想史引用过，吕先生却认为"此书义精文古，决非后世所能伪为"。吕先生在《经子解题》中还指出《鹖冠子》"所言多明堂阴阳之遗，儒道名法之书皆资参证，实为子部瑰宝"。看来也该以吕先生之说为是。近代学者对于古书的辨伪工作，固然取得了很大成绩，有利于历史研究的开展，但也有不少怀疑过头之处，把真书判定为伪，这就不免造成不良影响。吕先生对于这点是极其认真重视的。

《理学纲要》的写作，是为了便于读者了解宋明理学的大概。因为理学家数量众多，学案的内容繁重，学习者不容易了解它的大要。这书除了开头三篇说明理学源流以外，重点在于分析十多个理学大家的哲理，有着提纲挈领的优点。

文学史方面，吕先生有《宋代文学》之作，分古文、骈文、诗、词曲、小说五个方面论述。除了说明源流以外，对每个名作家都介绍生平，并附有一二篇名作，略作评论。全书篇幅不多，文笔简练，却对一代文学起了画龙点睛的作用。

吕先生还有制度史五种，对于国体、政体、阶级、宗族、婚姻五种制度作了通贯古今的论述。国体制度史着重说明了由分封制到郡县制的变迁。政体制度史除了说明君主专制的源流以外，着重探讨了古代贵族政权内部存在的民主之制，并追溯到民主思想的根源。阶级制度史着重说明对立的阶级如何产生及其演变。宗族制度史则追溯家族制度的根源而详其变迁，并对于宗族、姓氏、谱牒的源流，继嗣之法，财产之制，妇女的地位，都有所阐明。婚姻制度史除了叙述其起源流变以外，并对于同姓不婚之制，婚年迟早的变迁，蓄妾的起源，嫡庶之分等等，都分别作了分析。这五种制度史的内容，基本上是和《吕著中国通史》上册的有关章节一致的，但是有较详的考订和论述，有助于读者的理解。

　　《经子解题》是吕先生早年指导青年阅读先秦史料的著作,属于史料学的范围。全书分"经""子"两部,先总论读经或读子之法,然后分列各书,除了总论每部书的大概以外,更分列每篇的大要,并介绍应读的注释以及阅读的先后次序,还谈到某些书的真伪问题。其中不乏作者的心得,例如认为《逸周书》应入子部兵家,所述史迹多为他书所不见,实为先秦旧籍中之瑰宝;《管子》"盖齐地学者之言,后人汇辑成书者耳",其中以道家、法家言最多,亦有兵家、纵横家、儒家、阴阳家、农家之言,并断定其中论轻重诸篇为战国时物。

　　吕先生不但努力从事于通史、断代史、专史的著作,还十分讲究史学方法的探讨,著有《历史研究法》《史通评》和《文史通义评》三书。吕先生在一九四五年发表的《历史研究法》中,对于马克思主义以经济为社会基础的观点表示了赞赏的态度,他说:"马克思以经济为社会的基础之说,不可以不知道。……以物质为基础,以经济现象为社会最重要的条件,而把它种现象看作依附于其上的上层建筑,对于史事的了解,实在有很大的帮助的。但能平心观察,其理自明"(第六七页)。这种观点,吕先生在早年就很坚持,并应用于他的历史研究,取得了出色的成果。在一九二三年出版的《白话本国史》上,讲到"社会上的形形式式,一切缔结到经济上的一个原因"的时候,就指出这是"马克思的唯物史观"(第一七六页);在讲到"贵族阶级的崩坏,其原因仍在贵族社会的自身"的时候,又指出"这个很可以同马克思的历史观互相发明"(第一三八页)。正因为这样,吕先生在所有著作中,不论是通史、断代史、专史,都曾把各个时期的社会经济作为基础来加以论述,特别是四部断代史,搜集了大量史料,对当时社会经济的各个方面,作了详尽的阐释。

　　吕思勉先生作为一位历史学家，在中国古代史研究领域里的成就是多方面的，贡献是巨大的，给我们留下了许多有份量、有价值的历史著作，在研究工作上具有承前启后的作用。吕先生逝世已经二十多年了，他毕生所写的读史札记已整理完成，约八十万字，正在排印之中。他的已发表和未发表论文，将汇编成《吕思勉论学集》一书出版。他的全部史学著作，包括各种断代史、通史、专史等，正汇编成一总集，定名为《吕思勉史学论著》，将从今年起陆续由上海古籍出版社出版。

（原刊《中国史研究》1982年第3期）

悼章太炎先生

——并评其《左氏春秋读叙录》

经学向来有今古文的派别和争论，自从清代汉学大盛，而今古文之争，也从此掀起了轩然大波，壁垒森严，旗鼓相当。在晚清似乎今文学的气势要盛，因今文家取的是攻势，而古文家取的是守势，取攻击的，当然来得声势浩大，可以随心所欲，为所欲为；取守势的，因为这阵线太长，当然不易巩固。今文的大师，如刘逢禄、康有为、崔述，早已死了，古文的大师，章太炎先生，现在也死了，在经学的观点上很大的损失。

章先生于训诂上的贡献，是不容抹杀的，也不必我们再来赞美和批评，总之，他为学的态度却要比刘、康诸氏刻实和审慎，只是成见太深，和康、崔诸氏患了同样的毛病，顾颉刚先生在《古史辨》的第一册自序里对章先生有这样的一个批评：

> 他在经学上，是一个纯粹的古文家，所以有许多在现在已经站不住的古文家之说，也还要替他们弥缝。他在历史上，宁可相

信《世本》的《居篇》《作篇》，却鄙薄彝器钱物诸谱为琐屑短书；更一笔抹杀殷墟甲骨文字，说全是刘鹗假造的。……在这许多地方，都可证明他的信古之情比较求是的信念强烈得多，所以他看家派重于真理，看书本重于实物。他只是一个从经师改装的学者！

章先生的不重实物，不信龟甲文，这真是他的短处，他因守古文家的阵地，抵抗今文家的攻击，这真是他看重了家派，但是我们绝不能说他全部是感情作用全无丝毫求是的心在内。若古而可信，信古便是求是，若古而可疑，疑古便是求是，信古和求是，不截然是两件事。就像今古文的问题，全部信古文，因不是求是，全部疑古文，我们也不能承认是求是，只是看家派过于真理而已。我们拿客观的立场来看刘、康诸氏的张起今文旗子，和太炎先生的张起古文旗子，是半斤八两。章先生深信刘歆说《左氏》是《春秋》的传，刘、康诸氏则深信太常博士，说《左氏》不传《春秋》；太常博士只是说"不传"而已，刘、康诸氏更进一步地说是《国语》的化身。并且经刘歆窜改得很多，他们以为今文全是孔氏真传，古文全是刘歆的赝品，这种偏面固执的信念，和章先生是同样的。顾先生说章先生替站不住的古文弥缝，这是顾先生站在今文家地位说的话，古文全部站不住，今文何尝全部都站得住，尤其是晚清今文家如康、刘诸氏的论证，大部成见太深，"看家派过于真理"，考证无科学的方法，只是主观的臆测罢了。

现在今文家的气势，又似乎在那里生长了，顾颉刚先生以及章先生的弟子钱玄同先生都张起了今文家的旗子，在那里闹，还是同样壁垒森严，比晚清的今文家有增无减，他们虽然自以为是"超今文家""新今文家"，其实他（们）的内容，比晚清的今文家，并无二样，只是润

色不同而已。顾先生在中国上古史研究课的第二学期讲义序里,很得意地说:

> 《新学伪经考》已刻了七次版子,《考信录》也有五种版子,《史记探源》也有两种版子,其铅印的一种已三版;这种书实在是很普及的了;《伪经考》且因焚禁三次之故而使人更注意了。说是他们的学说不足信吧,却也没有人起来作大规模的反攻,除了钱宾四先生新作了一篇《刘向歆父子年谱》之外。

顾先生把晚清今文家的书,一一如数家珍,并且很欣然地说没有起来大规模的反攻,这也难怪的。其实如章先生的《春秋左传读叙录》,不可谓不是一种反攻,但是章先生老了死了!

对于今文家的见解我们不希望再有人站在古文家的阵线来"大规模的反攻",只希望有人立在历史家的地位来批判。各张其壁垒,互相排击,这争论,恐终无了结的日子。顾先生等等,虽然没有像康、崔诸氏的顽固,以为今文也只是西汉前期的经说,和孔子不见得能发生密切的关系。康、崔诸氏,惟一的手段,是"扬今而抑古",顾先生等"扬今"的旗子是取消了,但还是在那里作有成见的"抑古",虽然自以为非门户之见而是真理之争,但是我们用客观来观察,仍然脱不了门户之见,仍然是一贯的不合科学的考证法。康、崔诸氏的考证法,是以今文来比较古文,再以古文来比较今古文,凡古书和古文不合的,算是刘歆作伪的弥缝和证据,凡古书和古文合的,就算是刘歆作伪时的窜改和来源。现在顾先生的论证,只是除去了以今文比较古文一层,用古书来作主观的考证,这一层还丝毫未动。在今日而仍然有着经学的派别,各张其壁垒,实在不是我们所愿见的。古文家黄季刚先生死了,古文家的大师章先生也死了,古文家从此寿终正寝了,现在我们在哀悼之余,也得把他们的见解,来作一客观的批判。我们还得要指出时代的动向,现在经学的老路,万万再不该走上,我们所走的,应得是历史家和考古家的大道!

章先生的古文见解,最显著的,是《左氏春秋读叙录》,这书全部是驳斥刘逢禄。《左氏春秋》考证的,最近张西堂先生著《〈左氏春秋考证〉序》,是替刘氏作一答辨,我们现在先顺着张先生所提出的,加以综合的批判。

第一,《左氏》的名称问题。刘氏以为《左氏》既不传《春秋》,这"春秋左氏传"的名称自然他不信,他便根据了《史记·十二诸侯年表》说:

> 曰《左氏春秋》,与铎氏、虞氏、吕氏并列,则非传《春秋》也。

故曰《左氏春秋》,旧名也;曰《春秋左氏传》,则刘歆所改也。

章先生便这样驳他:

> 《左氏春秋》之名犹《毛诗》《鲁诗》《孟氏易》《龚氏易》《京氏易》《欧阳尚书》《夏侯尚书》《庆氏礼》《戴氏礼》,举经以包传也。以为不传孔书而自作《春秋》,则诸家亦自作《诗》《书》《易》《礼》乎?

这见解是很有相当理由的。张先生替刘氏有这样的一个答辨:

> 如果左氏真是亲受之夫子,他何须用"左氏"二字来表区别?《左氏春秋》之不同于《左传》,正如《鲁诗》之不同于《鲁故》《鲁说》,《齐诗》之不同于《齐后氏故》……

这个答辨,我们不能认为满意,照张先生的意思,"《左氏春秋》不同《左传》,正如《鲁诗》不同《鲁故》《鲁诗》",那么《左氏春秋》这书,应该只是《春秋》,只是家派不同,文句有异罢了,但现在《左传》的体例,明明是传记,若信全无传记的。如张先生的意思,那么《左氏春秋》万万不是旧名了,《春秋左氏传》恰恰是旧名。至如刘氏说《左氏春秋》犹铎氏、虞氏、吕氏《春秋》,这话更是武断,铎氏、虞氏二书虽不可见,《吕氏春秋》这部书存着,我们拿来比较一比较《左传》,体例相差的远,竟不知几十里也。《吕氏春秋》大部是议论的文章,而《左传》则全部写的是事实,任凭刘歆怎样改,断断不会的。章先生的弟子钱玄同先生,他的不赞成刘说全和师说一样,不过他还从了崔说以为《史记》这段根本就是窜入的。他在《左氏春秋考证书后》里面说:

> 其实《左氏春秋》之名正与《公羊春秋》《鲁诗》《毛诗》是同样的意义,故说《春秋左氏传》原名《左氏春秋》还是上了刘歆的当。

这话要比刘氏痛快了!不过《史记》这段,是否真正窜入的呢!古人著书,本来是摘抄的,矛盾是难免的,不能因为有矛盾,就算是后人改窜。不过崔氏的□□□正为了刘说的不可通,或许竟为了章先生驳斥的缘故。学术的发展,靠的是争辨,当然是存学术立场的争辨,不是意气的争辨,在争辨的过程中,正的角色固然有功,反的角色,也是同样有功的。

第二,《左氏》的体例问题。六传的体例,刘氏是这样的见解:

> 太史公时名《左氏春秋》,盖与晏子、铎氏、虞氏、吕氏之书同名,非传之体也。《左氏传》之名,盖始于刘歆《七略》。

《左传》的体例,和《吕氏春秋》绝不同,前已说过,就和《晏子春秋》也不同。《左传》说义少而纪事太多,和《公》《穀》太殊,这是最受人怀疑的。章先生的解答是:

> 伏生作《尚书大传》,则叙事八而说义二,体更殊矣。左氏之为《传》,正与伏生同体。

张先生的驳难是：

> "《春秋》言是其微也"，"《春秋》推见至隐"，替它作传的当然不能像《尚书大传》"叙事八而说义二"，将《春秋》中重要的微言大义忽略过去。"书以道事"，故《尚书大传》说义甚少；《左氏传》是不应当如此的。

《春秋》是否孔子作，我们不能立刻确定，《春秋》有所谓微言大义我们也不敢深信，也只是今文家的说法。那末我们于现在《左传》的体例上，似乎还没有十分不可通过的地方。

第三，《左氏》的传授问题。章先生和刘师培，用了不少力量来证明《左传》确有传授，证明张苍、贾谊曾引用《左传》，确都治过《左传》的。这样的论证，的确不可信赖。张先生批评他们：

> 章氏、刘氏以为在他们书中，有许多与《左氏》相同的话，便认定他们是治过《左氏》的，那我们也可以说："梅颐之古文《尚书》，其亦三代经传袭用梅氏。"

根据相同的地方，就武断地一定说他是根据《左传》不是根据旁的书，拿来证明他们的家学渊源。这当然不是科学方法的考证。这全是家派的作怪，成见太深的缘故。

章先生所提出前人引用《左传》的证据，比较下列二条，较为可信。《韩非·奸劫弑臣》说：

> 故《春秋》记之曰："楚王子围将聘于郑，未出境，闻王病而反。因入问病，以其冠缨绞王而杀之，遂自立也。……"上比于《春秋》，未至于绞颈射股也；下比于近世，未至饿死擢筋也。

这段事见《左昭元年传》，及《左襄二十五年传》。这明明言"《春秋》记之"，又说"上较于《春秋》"。不知还别有什么《春秋》否？《韩诗外传四》也记这事，说：

> 孙子谢申君，故《春秋》之志曰：楚王之子围聘于郑，未出境，闻王疾，返问疾，遂以冠缨绞王而杀之，因自立。

这也明言是"《春秋》之志"，颇有根据《左传》的可能。古人引书，体例不甚严格，韩非引《左传》不称"《左传》"，而称"《春秋》记之"，也等他称引"《庄子》"而称"《宋人之言》"，也许今本《韩非》"记之"二字误倒，本作"《春秋》之记"。

章先生还举出今文家也引用《春秋左氏传》，如章先生说：

> 丹虽大儒，耄荒丧志，据《丹传》，丹上书曰："臣闻天威不违颜咫尺"，则固引《左氏》语矣。……一议两歧，岂足以定丹之取舍？

最近符宇澂先生作《新学伪经考驳谊》，也有同样说法。

> 龚胜、师丹，反抗左氏之学最力，胜气罢，丹大怒，其仇视左氏甚矣。乃丹上书，胜等廷议，均引用《左传》，斑斑可考，始知丹反抗，全然党同妒真，挟恐见破之私意，盖利禄之路然也。其未一语攻歆作伪者，则以《左传》三事本不伪也。不然岂有不发其覆而反引用其文哉？

张先生的驳斥是：

> 师丹即取《左氏》一二语，左氏之不传《春秋》还是毋庸置疑。

的确，据胜、丹的引用《左氏》，不能就说左氏确传《春秋》，胜、丹只是说《左氏》不传《春秋》，并没有说是伪书，引用一二语，是无妨的。不过我们确不能全然否认当时的今文家，丝毫没党同妒异的存心在。至少在这时，《左氏》之是否传《春秋》，已不能确定，才会引起争论。《汉书·刘歆传》说：

歆治《左氏》，引传文以解经，转相发明，由是章句义理备焉。

刘氏等都拿这点来作刘歆改编的明证，康有为氏也说：

歆思借以立异，校书时发得左氏《国语》，乃引传解经，自为《春秋》之一家。

对于这一点，符先生的《驳谊》是：

刘歆引传解经，盖以左氏传《春秋》，本为解经而作。……左氏本传《春秋》，其解经也原不待引。唯歆时《春秋古经》十二编，《左氏传》三十卷，经、传单行，不相附丽，故解经须引传耳。

这一点很有相当理由，古时本有经、传分写的例子，就像《墨子》中的经，也是经和说各自为篇，到鲁胜才一度"引说就经"，我们不能说《墨子》中的经说是不解经的，我在《墨经义疏通说》里，曾证明墨子的经、说分写在汉初，或许经、传分写，在汉初是个惯例，也许《左传》真的经、传分写，到刘歆才把它"引传解经"。当时的博士，也真的为了"利禄"和党同妒异的存见，便出来争，说是不传《春秋》。假使真的"不传《春秋》"，那么《左氏》在当时究竟是怎样一种书，如何能够改编到"传《春秋》"？如果要把全书改编增饰，费力既多，伪迹彰彰，而且当时不完全是呆大，这个大骗局就不待到今天，早就破案了。不过刘歆的"引传解经"本，至少和传本不同一点，古简不免有错脱，在引的时候免不了有一些增改的，好像现在学者的治《墨经》，他们的"引说就经"本，和旧本也相差得很多。

总之经学上今古文之争，到现在为止，还全然脱不了门户之见，我们于古书，当然应以怀疑的态度去研究，断不可无条件的信任，但是我们也断不可无理由的一味怀疑亦惟其是而已矣！不然凭臆妄断，只是于学术界捣乱，是有害无益的。《左传》这书，不是向壁虚造的,这可断言。至于其原始,是怎样的书,有疑问当然要讨论。至于它是否《国语》的化身,也有问题。今文家一口咬定《左传》是《国语》分化出来的,究竟如何的分化呢？说是由一书瓜分为二的。康有为氏说:"考今本《国语》,《周语》《晋语》《郑语》多春秋前事,《鲁语》则大半敬姜一妇人语,《齐语》则全取《管子·小匡篇》,《吴语》《越语》笔墨不多,不知掇自何书？然则其为《左传》之残余而歆补缀为之至明。"钱玄同先生也说:

> 《左传》与今本《国语》二书,此详则彼略,彼详则此略,这不是将一书瓜分为二的显证吗？至于彼此同记一事,往往大体相同,而文辞则《国语》中有许多琐屑的记载和支蔓的议论,《左传》大都没有,这更露出删改的痕迹来了。

不过我们比较《国语》《左传》二书,同记一事而有内容不同的。张西堂先生也举出了《国语》《左传》不同的例子很多,有时间不同的,也有事实不同的,说两书完全出于一手不可能的,说他们各不相干,也不尽然。以为是从国语分化后,再加删改的。这也是成问题的。瑞典高本汉先生(Bernhard Karlgren)证明两书的文法明显较相近,但又证明《左传》自有特殊的文法,不是作伪者凭空虚构的。

古文家如章先生以为《左传》是左丘明所作,而且就《论语》所说"好恶与圣人同"的左丘明却是亲炙而有所受的。那么为什么《左传》又和《国语》有不同的地方？是不是《左传》曾经后人改过呢？这我们也不敢深信。我们从此只希望能清除成见,进而能作客观历史的研究,再不必走经学的老路,尤其是晚清经学的老路了!

(原刊上海《大美晚报·历史周刊》1936 年 6 月 22 日第 32 期第 3 版)

顾颉刚先生和《古史辨》

　　顾颉刚先生于一九八〇年岁末,以八十七岁的高龄谢世。这是一位值得我们纪念的很有影响的著名历史家。他在古史领域里勤奋钻研了半个世纪,作出了许多宝贵的业绩,对于古史研究起了积极的承前启后的工作。由他带头编著的《古史辨》,从一九三六年,到一九四一年,先后出版了七册,每册分量越出越大,一共汇编了三百五十篇文章,三百二十五万字,是二十和三十年代考辨古代史料的总结集,当时曾发生很大影响。最近上海古籍出版社为了研究参考的需要,正在全部重印中,并将考订古代地理部分编为第八册出版。目前第一、二两册已经重印发行了,因为我在《古史辨》第七册上写过序文,同时又发表过一篇近二十万字的长文《中国上古史导论》,史文界有些朋友希望我对此发表一些意见,以供读者参考,并用以纪念顾先生。

　　众所周知,《古史辨》的主要贡献在于对古代史料的辨伪,辨伪的范围涉及古书、古人、古地和古史传说等四个方面。这四个方面是相互关连的。其中考辨古史传说和古书的分量较多。考辨古书着重于《尚书》《诗经》《易经》以及诸子。顾先生还曾创办禹贡学会,出版《禹贡》半月刊,着重考辨古代地理和边疆地理。可贵的是,他每开拓一个研究领域,总是提出重要问题,提倡相互辩论和探讨,或者组织学术团体,创办学术刊物,出版丛刊,既整理标点出版前人的有关著作,又选刊新进的青年作品,因而在当时学术界起着推动的作用。

从顾先生一生的业绩来看,《古史辨》的刊行,只是他研究工作的起点。他所努力的辨伪工作,只是想作为人们进一步研究的阶梯。这是他多次说明的。当《古史辨》第一册刚出版时,曾经哄动国内外学术界,人们就有两种不同的看法。一种认为他成就很大,揭穿了古史传说的本来面目,剥去了经书的神圣外衣,推倒了封建权威的道统,是新文化运动的产物。另一种意见相反,认为他成就不大,没有结论,没有系统,没有建设,只有破坏。他为此在《古史辨》第二册序文中作了答复,认为学术界该有分工,破坏伪古史正是为了建设真古史。他早在《古史辨》第一册《自序》中,十分推崇罗振玉、王国维考释甲骨文、金文的成绩,认为"要建设真实的古史,只有从实物上着手的一条路是大路",他当时致力的仅仅是破坏伪古史系统,而且表示"很愿意向这一方面做些工作,使得破坏之后得到新建设,同时也可以用建设的材料做破坏的工具"(50—51页)。破和立,确实有辩证的关系,后来顾先生在考辨伪古史的基础上,为建设新古史确实做了不少有益的工作。

顾先生说建设新古史要从实物着手,确很重要。王国维用他提倡的"二重证据法",以地下新史料补正纸上旧史料,对建设真古史取得了重大成就。但是我们认为,运用这种方法,必须根据新旧史料的具体情况，采用不同的方式。目前保存的商代文献很少，应该依靠甲骨卜辞结合文献来建设商史。目前已出土的西周铜器很多，长篇的西周金文不少，同时《尚书·周书》中也保存有多篇重要史料，因此必须以新旧史料结合方式来建设西周史。春秋战国的文献很多，就应该从整理文献的基础上，结合新史料来建设春秋战国史。抗战以前，顾先生在北大和燕京讲授春秋史，就是用这样的方法，编成了讲义，并有编写《春秋考信录》相辅而行的计划。后来童书业先生的《春秋史》和《春秋左传研究》，就是在这个基础上发展而成。

解放以来，顾先生长期努力于各篇今文《尚书》的校释研究。尽管清代以来学者作了很多校释，存在的问题还很复杂，学者对此很难掌握。现在顾先生这样做法，真正做到了王国维所说的："著为定本，使人人闻商周人之言，如今人之相与语，而不苦古书之难读"（见《尚书核诂序》）。这真是古史领域里的重大建设。不但便于学者充分运用《尚书》以建设商周史，还便于用《周书》与西周金文作比较研究。顾先生对这项工作十分重视。1965 年我把新出版的拙作《古史新探》寄给他，请他指教，承蒙他回来长信，加以奖饰。他还说：正努力做好《尚书》研究，希望对于建设商周史作出应有的贡献。如果此书不成，将死不瞑目。虽然他没有等到全书完成而离开我们了，庆幸的是，规模已具，培养的人才已经成长，肯定不久可以按计划完成。

当然，《古史辨》的辨伪工作，还没有超出旧史学的范围，但是它的成就，是新史学必须批判地继承的。郭老对这点就十分重视。郭老在一九四四年写的《古代研究的自我批判》（收入《十批判书》），曾说："关于文献上的辨伪工作，自前清乾嘉学派以至最近古史辨派，做得虽然相当透彻，但也不能说已经做到了毫无问题的止境，而时代性的研究更差不多是近十五年来才开始的。"的确,古文献的时代性的研究十分重要,考定它的正确时代,就能发挥它原有的史料价值。因此考辨古文献的工作,不仅可以"去伪",还可以"存真",具有建设的作用。郭老同时指出。当时有些"新史学家们对于史料的征引,首先便没有经过严密的批判,……不仅古史辨派阶段没有充分达到,甚至有时比康有为、阎百诗都要落后,这样怎么能够扬弃旧史学呢? 有好些朋友,又爱驰骋幻想,对于神话传说被信史化了的,也往往无批判地视为信史,对甲骨文的引用和解释也太随便"。郭老的话十分中肯。新史学必须对乾嘉学派到古史辨派的辨伪成绩批判地继承,首先使自己掌握的史料充分而又可靠,才能对每个历史问题,依据马克思主义的立场观点,作出实事求是的分析。

顾先生考辨古史传说的首要武器,就是他早年提出的"层累地造成的古史观"。他认为,禹以前的古史传说是在不断流传中层累地造成的。"时代愈后,传说的古史期愈长","时代愈后,传说中的中心人物愈放愈大"。原来"差不多完全是神话",是春秋末年以后"人化"的。顾先生这种考查古史传说演变的方法,很明显,主要是从神话学和民俗学中学来的。他从小爱好民间故事传说,爱好探讨神话传说的演变。当时,他正同时进行着民间神话传说演变的研究工作,孟姜女故事演变的研究正是其中突出的一点。他的《古史辨》第一册《自序》对于这方面说得很详细的。

关于古史传说出于神话演变这一点,郭老有相同的见解。郭老在《古代研究的自我批判》中说:"关于神话传说可惜被保存的完整资料有限,而这有限的残存又为先秦及两汉的史家所凌乱。天上的景致转化到人间,幻想的鬼神变成圣哲。例如黄帝(即是上帝、皇帝)、尧、舜其实都是天神，却被新旧史家点化成为现实人物。这项史料的整理，一直到现在，在学术界中还没有十分弄清出一个眉目来。但这倒是属于史前史的范围，已经超出了古代……。在这一方面，我虽然没有作出什么特殊贡献，但幸而早脱掉旧日的妄执，没有陷入迷宫。"黄帝、尧、舜是原始神话传说中的人物，在今天我们史学界已经成为常识，谁也不会陷入这个"迷宫"。但是，在当时多数人的心目中，尧、舜、禹是古代的圣贤帝王，尧、舜、禹的时代是我国历史上的黄金时代，尧、舜、禹正代表着封建权威世代相传的道统。因此，当这些人看到顾先生的文章时，不禁哗然起来。有不少人引用顾先生文章中个别字句加以讥笑，也有人写长篇文章为尧、舜、禹辩护。但是经过了一场众人瞩目的辩论，终于使伪古史系统瓦解了，大多数人把三皇五帝看作史前史的范围了，甚至当年出来辩护的学者中也有些人清醒过来了。例如当年在《学衡》杂志上发表辩护文章的张荫麟，认为顾先生之说"半由于误用默证，半由于穿凿附会"的，后来著作《中国史纲(上古篇)》，也不讲三皇五帝了，从有文字记录的商代讲起了。这样，伪古史的"迷宫"就被摧毁了。这场古史传说的辩论，确是收到了巨大的战果。

顾先生这个古史传说出于神话演变说，所以能够成为摧毁伪古史"迷宫"的锐利武器，不是偶然的。他不仅得到新史学家的杰出代表郭老的共鸣，而且和当时从事神话研究的杰出文学家茅盾先生不约而同。

郭老在《中国古代社会研究三版书后》中说："顾颉刚的层累地造成的古史，的确是个卓识。从前因为嗜好的不同，并多少夹以感情的作用，凡在《努力周刊》上发表的文章，差不多都不曾读过。他所提出的夏禹问题，在前曾哄动一时，我当时耳食之余，不免还要加以讥笑，到现在，自己研究一番过来，觉得他的识见委实有先见之明，在现在新史料并未充足之前，他的论辩并未能成为定论，不过在旧史料中凡作伪之点大体是被他道破了的。"同时又肯定了禹的天神性，认为"禹当得是夏民族传说中的神人"。郭老这一段话，讲得很是坦率，确实表现了大学者尊重真理的风度。为什么郭老研究一番之后，会得出和顾先生相同的结论而引起共鸣呢？莫非是两位先生至少在这一点上，采用了基本相同的实事求是的方法。

茅盾先生在一九二四年著有《神话杂论》，其中有"中国神话研究"一节，指出："我们相传的关于太古的史事，至少大半就是中国的神话。神话的历史化，在各民族中是常见的"。到一九二八年又著《中国神话研究初探》（原名《中国神话研究 ABC》），其中有"帝俊及羿禹"一节，进一步指出："中国神话在最早时即已历史化，而且'化'的很完全，古代史的帝皇，至少禹以前，都是神话中人物——神及半神的英雄"。又说："和羿一样，禹也是古代神话中为民除害的半神英雄"。更说："至少禹以前的，实在都是神话。如果欲系统地再建中国神话，必须先使古代史还原"。顾先生是为了考辨伪古史系统，使古史传说还原为神话，而茅盾先生为了探索神话，系统地再建神话，主张把古史传说还原为神话，可以说，这是异途而同归。为什么两位先生能够如此不约而同、异途同归呢？莫非是同样用神话学作为探索的武器。从神话学来看，这样把古史传说还原为神话，一方面是破坏了伪古史系统，另一方面又是恢复了这些原始神话的史料价值。因为这些神话原是原始社会信仰的产物，就可以用作研究原始社会的史料。这种考辨古史传说的工作，就不能认为完全属于破坏性质，还具有建设作用呢！

　　应该说，《古史辨》对古史研究是有积极贡献的，不仅考辨古文献的时代性是有积极贡献的，同时考辨古史传说的神话性也是有积极贡献的。但是，《古史辨》作为旧史学的一部分，当然不免存在缺点，不免有其一定的局限性。因此今天对它的成绩必须批判地继承，这是不必讳言的。其中主要的缺点，就是辨伪不免有过头的地方，有些不免以真为伪，这就对古史研究会带来消极影响。这也是应该承认的。这不仅是顾先生这样，我在《古史辨》中发表的文章同样存在这样或那样的缺点甚至错误。但是我们应该看到，《古史辨》是许多人辩论和讨论文章的大结集，其中既有根本分歧的不同观点，也有大同小异的论点，并没有作出什么统一的结论，需要读者自己去明辨。我想，这样对于推动学术研究的进展是有好处的。同时还应指出，参与讨论的每个人的见解，也不是一成不变的，是不断有所发展的，前后往往是有不同的论点的，这是不断改进的一种表现，也是通过彼此辩论之后进步的一种表现。

　　顾先生早年使用考辨古代史料的方法，曾受到胡适、钱玄同的影响，特别是受到经今文家康有为"托古改制说"和"新学伪经说"的影响，走过一段曲折的道路。其实，"托古改制说"和"新学伪经说"和顾先生原来提出的古史传说"出于神话演变说"是不相容的。"出于神话演变说"并不认为古史传说出于伪造，只是由于文化的进步，把原始人信仰的神话加以"人化"而已。至于"托古改制说"，就认为适应改革上的需要，对古史随意加以伪造。"新学伪经说"更认为，为了帮助王莽篡权建立新朝，对古史加以篡改和伪造。当顾先生主编《古史辨》第五册前后，是他采用"新学伪经说"解释古史传说的突出时期。

许多人曾经猛烈地批评他这点,认为他没有脱出经学家的老路。我写的《中国上古史导论》,十分赞扬他的"出于神话演变说",也曾竭力反对"托古改制说"和"新学伪经说"。他在《我是怎样编写古史辨的》一文中曾提到这点(见《中国哲学》第六辑)。但是应该看到,这是顾先生长期受到师友和环境影响的结果。我们毕竟年纪比他轻一代,受到经学的影响比较小。同时还应该看到,顾先生在古史的辩论中是不断改进的。抗战期间他写的《浪口村随笔》,一九六三年从中修订成的《史林杂识初编》,就不见有"新学伪经说"的踪迹了。晚年他对于《尚书》的校释研究,是实事求是的,没有偏向今文家之说。他的《逸周书世俘篇校注写定和评论》(一九六三年出版《文史》第二辑),一反今文家认为孔安国《古文尚书》出于刘歆伪造之说,以刘歆引用的《古文尚书·武成》逸文与《逸周书·世俘》比较,并从用语上、历法上、制度上、史实上提出五条证据,肯定《世俘》即是《武成》,是一书两名,是西周时代作品,是记载周武王克殷的重要史料。这样,就从《逸周书》中发掘出了一篇真《古文尚书》,为研究商周史作出了建设性的贡献。他近年发表探讨《周礼》的论文,也已认定是战国时代齐国作品,不再强调出于刘歆伪造了。过去他看到拙作《古史新探》之后,认为探索西周春秋的礼制是建设西周春秋史的一条新途径。我曾经希望他在《三礼》的研究方面作出新贡献。不幸他离开我们了,这是我们史学界的重大损失。

(原刊《光明日报》1982 年 7 月 19 日第 3 版)

悼念李亚农同志

——学习亚农同志坚持不懈、严肃认真的治学精神

李亚农同志不幸于 9 月 2 日被疾病夺去了生命，和我们永别了！这是我们革命事业和科学研究事业的重大损失！多年来相叙一起，随从一起工作，一起切磋学问，得到教益非浅，一旦永别，怎能不悲痛万分呢！

亚农同志把自己的一生献给了党和人民的革命事业，直到心脏跳动停止为止，对革命事业作出了贡献。在长期从事革命实际斗争的同时，还顽强地坚持科学研究，直到病情十分严重，仍然不肯停笔，给我们留下了许多出色的历史著作。如今，我们一看到他的著作，就如见其人，如闻其声，对他的回忆就象电影似的，一幕幕地在脑海中涌现出来。

值得我们悼念、回忆、学习的事情很多，这里，只就他从事科学研究方面的情况作一番回忆。

亚农同志科学研究的主要领域是中国古代史，目的在于探索中国

历史的发展规律,依照社会发展规律来划分中国历史的发展阶段,尽可能根据可靠资料,具体地阐述各个阶段的社会生活情况,并分析其特点。用他自己常说的话,就是要替中国历史划出一个大体的框框。

这是亚农同志科学研究上的雄心大志,也就是他终生坚持不懈的奋斗目标。

亚农同志在科学研究上,一开始就具有认真、踏实的学风。研究中国古代史,必须要做好古代史料的搜集工作,在进行这方面的工作时,先要打通古文字学这一关,这可以说是古史研究的基本功。他在早年从事古文字学的探索,研究甲骨文和金文,就是为了练好这个基本功,以便将来能够踏实地研究中国古代历史。可是,在旧社会里要练好这个基本功,可不容易。因为当时的古文字学是带有浓厚的古董气息的,不是一般学者所得问津的。亚农同志为此下了很大决心,成了这方面的一员闯将,完全依靠自己的摸索钻研,闯通了这一关。他首先下了不少功夫,通读前人这方面的著作,学习和接受了前人的研究成果;继而就探索前人的研究方法,对前人成果进行批评和分析,使自己得到了提高。这方面的研究虽然不是他的主要目的,在不断的努力下,也先后著成了《铁云藏龟零拾》《殷契摭佚》《殷契摭佚续编》《金文研究》四书。

亚农同志对古史研究有着明确的目的,因此,尽管埋头于故纸堆中,没有脱离实际的革命斗争。到1941年,他因为参加革命武装斗争,就停止了这方面的研究。1949年上海解放后,他到上海拟任科学文化方面的领导工作,根据党的方针,整顿和发展科学研究机关,并负责筹办上海博物馆和上海图书馆。这时,他认为重新努力进行科学研究的时候已经到来,尽管工作极其繁忙,还是从百忙之中抽暇来从事研究,只要有一分钟时间都不轻易放过,有时就在汽车里阅读有关研究的资料。到 1952 年,就写成了《中国的奴隶制与封建制》一书,提出了自己对中国古史分期的见解。为了集思广益起见,曾把这部书的初稿印了出来,分送给同行朋友,请大家提意见;还曾在上海历史学会上提出学术报告,请大家讨论。由于他十分谦虚和诚恳,大家都畅所欲言,有的朋友指出了内容上的缺点,有的朋友提供了补充资料。当时他已被推选为中国史学会上海分会主席,这样带头虚心听取意见,就大大发扬了学术民主,鼓励了自由探讨的风气。

《中国的奴隶制与封建制》一书,经过他吸收了各方面意见之后,再三修改,到 1954 年才出版。这仅仅是他初步提出的一个中国古史分期的大纲,对各个阶段的历史情况只描绘了一个轮廓,许多重要的关键性问题尚待进一步探索。这部书是他对中国历史有系统研究的开端,也可以说是他的古史研究的一个"绪论"。他对中国历史的研究,是有一套系统的计划的,接下来,就准备要划分阶段来作深入细致的探索,由氏族制而奴隶制,由奴隶制而封建领主制,由领主制而地主制,试图有系统地阐明各个发展过程中的关键问题,并有重点地说明各个历史阶段的特点,一共写成四本历史专著,把他二三十年来盘旋于脑海中的问题和见解,通过进一步研究,加以修正、补充和发展,写出来公之于世。他常说:"作为一个科学工作者,必须这样做,才不算白活一世。"

这是亚农同志进行历史研究的庞大计划,要继《中国的奴隶制与封建制》之后,连续写成四部专著,就是要一共写成五部有连贯性的著作,这是多么艰巨的任务啊!不幸,他在 1949 年到上海工作后不久,就患风湿性心脏病,健康情况一天差一天,这更增加了他在科学研究工作上的艰巨程度。但是,他始终不怕艰巨,以顽强的革命精神,克服了种种困难,坚持不懈地要完成他自己拟订的计划。他常说:"要改变我们科学文化上落后的状态,我们科学工作者必须加倍努力,急起直追,不可有一点松懈。"每当病情严重,不得不停止工作时,还念念不忘研究计划的实现;在他生命受到威胁时,就考虑如何更抓紧时间来完成计划。许多同志劝他好好休养,保重身体,暂时不宜进行研究和写作,他坚决不允,常常说:"有生之日,皆为人民服务之年,只要一息尚存,就应为祖国的科学事业继续努力。"他又常说:"和疾病作斗争,争取多活一天,就是为了多做一天工作,否则就是白活的。"由于他如此顽强、坚持,终于在十年内,继《中国的奴隶制与封建制》之后,陆续写成了《周族的氏族制和拓跋族的前封建制》《殷代社会生活》《西周与东周》《中国的封建领主制和地主制》等著作,完成了他自订的计划。

《周族的氏族制和拓跋族的前封建制》一书,写成于1954年。这书的主要贡献,我以为是开创了研究中国氏族制历史的新途径。亚农同志在刻苦钻研的同时,很讲究研究方法,设法开创新的研究途径。这也是很值得我们学习的地方。本来,要研究我国远古时期的氏族制,是有困难的,即使发掘到当时大量的生产工具和生活用具,但这些东西是哑的,不可能详细告诉你当时社会生活情况。现在经亚农同志的研究,知道周族的宗法制度是从父系家长制时期保留下来的,"礼"也是从那时沿袭下来的,因此,"三礼"中就保存有不少原始史料,可以用来探索周族的氏族制的特点,还可以由此说明宗法制度的起源、作用及其在中国社会得以残存两三千年的缘故。这样,就开创了一条新的研究途径,并且恢复了"三礼"应有的史料价值。在对拓跋族的研究中,同样有着创辟的见解,如认为均田制的内容带有"村社"性质,起源于"计口授田",是颇有道理的。

《殷代社会生活》一书,写成于 1955 年。我以为这书的主要贡献,在于运用甲骨文和出土文物,很具体生动的说明了殷代奴隶社会各个方面的状况。亚农同志是主张继承我国史学的优良传统的,认为历史书必须写得形象化,既要精确而无虚构,又要具体而生动。照例,运用甲骨文作为资料写成的历史,必然是考据式的,读起来枯燥无味,但是由于他严密的组织,尽力加以融会贯通,采用深入浅出的写法,避免了罗列史料的现象,有许多地方写来非常生动活泼,完全出于人们意料之外。这也是值得我们好好学习的地方。

《西周与东周》一书,写成于 1956 年。这是从西周和东周之际的变革中,企图进一步说明奴隶制转变为封建制的具体过程的。亚农同志为此曾广泛搜集资料加以钻研,对自己原有的见解作了很重要的补充,对周宣王时期的改革有了更详细的阐释,对周初民族的分布及其与黄土层、生产工具的关系,也有了很透彻的解说。他常常不满足于自己已有的看法,力求进一步加以充实,这就是他不断取得进步的主要原因之一。

当他写到最后一本书,即《中国的封建领主制和地主制》的时候,病情已很危险,在写作过程中时常发生需要接氧的险境,"几与阎王老子见面者,不止一次",他还是坚持要完成计划,终于"一次一次地把阎王差遣来的无常赶回去了",在 1961 年春天把最后一本书写成。在这书里又对自己过去的看法作了重要补充,对春秋、战国之间变革作了详细的探讨,认为郑国子产的改革,剥夺了领主的兵权和司法权,使逐渐成为剥削农民实物地租而要向国家缴纳田赋的地主。此外,还对过去没有充分讨论过的问题,如我国古代是否存在"村社"等,作了详细的探讨,提出了自己的看法。

到此,亚农同志经过十年努力,在和疾病的斗争中,把自己预订的全部研究计划胜利地完成了。到此研究工作可以告一段落了,但是他又认为,这是应该回头去改订一下旧作讹谬的时候了,这是把旧作通盘拿出来整理一下的时候了。他说:"假如在纠正旧著的乖谬之前,竟淹忽下世,则贻误后来读者的责任,是逃不了的。"于是又急于完成修订和补充工作。经过一年时间,终于把五部书修订补充完成,合编成为《欣然斋史论集》,并且写了一篇很长的《序言》,着重地谈论了科学研究上如何承前启后的问题。这篇序言是在严重咯血的情况下写成的。

等到这个《论集》编好,《序言》写成,古史研究工作告一段落,他又定出了一个从事中国美术史的研究计划,在严重咯血的情况下,写成了一篇两万字的论文,来讨论钱舜举的画。当时他自己早已认识到,将不久于人世,但是还在和疾病斗争,希望能够再坚持二三年,以便进行一系列的有关美术史的研究,因为他在这方面很有些见解想要写出来,但不幸被疾病夺去生命,无法实现了。

亚农同志为革命事业和科学研究事业奋斗了一生,表现了对党和人民的无限忠诚。他在疾病的折磨和威胁中,在科学研究上能够得到比一般健康的人更多的成果,主要由于他有着顽强的革命精神,有着坚持不懈、严肃认真的治学精神。我们悼念他的最好办法,就是学习他这种精神,进一步整理好他的遗著,在他已经取得的研究成绩上,继续努力前进。

（原刊《文汇报》1962 年 9 月 20 日第 3 版）